단
순
한 진
심

단순한 진심

진심

장편
소설

조해진

민음사

1

나는 암흑에서 왔다.

시간이 흘러가지 않는, 영원이란 무형의 테두리에 갇힌 암흑이 나의 근원인 셈이다. 방향성 없이, 어디로 가는지도 모른 채, 나는 홀로 그곳을 떠돌아다녔을 것이다. 그때 내 형상은 둥글고 단단한 씨앗 같았을까, 아니면 가늘게 이어지는 희끄무레한 연기 같았을까. 어쩌면 작은 반동에도 속절없이 무너지거나 흩어지는 가변의 물질이었는지도 모르고 아예 형상조차 없는 한 줌의 에너지였는지도 모른다.

암흑에서 형성되어 암흑을 찢고 태어났으므로 내게는 부모가 없고, 내가 형성될 때의 태몽이랄지 세상으로 나올 때의 울음소리를 기억해 두어 이야기해 준 부모의 부모도 없으며, 기고 앉고 서고 말문이 트인 순간을 사진으로 찍어 준 친척이나 이웃의 어른도 없다. 부모의 신상 정보가 기록된 호적등본, 나의 출생 일시를 공식화한 출생 신고서, 내가 태어난 병원의 진료 차트 역시 나는 갖고 있지 않다. 대신 내 입양을 차질 없이 진행하기 위해 급조한 단독 호적과 대리인의 입양 동의서, 국제 예방접종 증명서와 여행 허가서, 양부모의 통역과 편의를 돕는 코디네이터 비용 청구서, 그리고 입양 알선 수수료 ── 신체에 장애가 있는 경우엔 할인이 적용된다고 알려졌으니 비장애 아동이었던 내게 부여된 수수료는 정가(定價)였을 것이다. ──를 처리한 영수증 같은 것은 한국의 입양 기관이나 입양을 관리하는 정부 산하기관에 남아 있을지도 모르겠다.

탯줄은 있었을까. 가끔 그런 의문이 들 때면 반사적으로 두 손을 배에 얹고 가만히 배꼽 근처를 더듬어 보곤 한다. 그러나 내 배꼽은 생모의 흔적일 뿐, 그녀의 손끝 하나 재현할 수 없다. 무력한 증거, 고유성 없는 기호, 닫힌 통로……. 나는 그녀의 생김새와 인상, 체취와 촉감, 말투와 목소리의 느낌, 웃고 울 때의 표정, 잠버릇과 징크스를 알지 못하고 앞으로도 그런 종류의 정보를 얻는 것은 불가능할 것이다.

내게 그녀는, 또 하나의 암흑이다.

＊

　지난 6월, 나는 오랜만에 그녀를 생각했다.

　그날 나는 파리 시내에 있는 소규모 산부인과 병원 침대에 누워 초음파 기기 화면에 떠오르는 작은 움직임을 눈이 아프도록 뚫어지게 올려다보고 있었다. 화면엔 머리와 몸통과 팔다리로 짐작되는 덩어리들이 하나로 연결되어 유기적으로 꿈틀대는 중이었다. 닥터 주베라고 스스로를 소개한 백발의 의사는 축하의 말과 함께 새로운 생명이 내게 온 지 9주 차에 접어들었다는 것을 알려 주었다.

　의사는 말했다.

　"아세요? 수정된 난자는 대략 280일 동안 수십억 년에 이르는 생명 진화의 역사를 밟아 갑니다. 단세포인 수정란은 끊임없는 분화를 통해 양서류와 파충류를 거쳐 포유류가 되고, 포유류 중에서도 다시 생물학적으로 가장 복잡한 인간으로 진화하는 거죠. 이제 9주 차니 3주 정도가 더 지나면 몸의 각 기관과 성기까지 완성될 거예요. 한마디로 지금은 진흙이 빚어지는 시간이라는 의미죠. 조심해야 합니다."

　그녀가 생각난 건 그 순간이었다. 기억하는 것이 없으면서도 생각했고, 그 생각은 곧바로 보고 싶다는 열망으로 이어졌다. 그 낯선 질감의 열망은, 뜻밖에도 크고 둥글고 섬세했다.

그때껏 그런 열망 없이도 그녀를 궁금해하고 찾으려 했다는 것이 당혹스러울 정도였다,

병원을 나온 뒤엔 집으로 가지 않고 병원 근처 산책로를 걸었다. 걸으며, 두 개의 가능한 선택을 가상의 천칭 양쪽에 올려놓고 정확하게 생각을 확장하려 애썼다. 머리 위로는 나뭇잎을 통과한 햇살이 빛으로 만들어진 그물처럼 방사형으로 쏟아지고 있었다. 나는 잠시 걸음을 멈추고 고개를 한껏 뒤로 꺾은 채 출렁이는 나뭇잎들을 올려다봤다. 키가 큰 가로수가 연달아 서 있었는데, 생명을 품은 나를 보호해 주기 위해 나뭇잎 하나하나가 긴밀하게 엮여 연초록색의 그늘을 드리우는 듯했다. 나무는 하늘을 향해 뻗어 있었고 하늘의 끝은 우주와 맞닿아 있을 터였다.

우주…….

우-woo-주-joo, 라고 나는 다시 한번 한국어로 중얼거려 보았다. 그 순간 이전까지의 혼란은 모두 흩어지고, 단지 '우주'라는 이름만이 내 마음에 남았다. 프랑스인이 발음하기에도 어렵지 않은 데다, 존재하는 모든 것을 품는 우주라면 무형의 암흑과는 가장 먼 의미를 갖는 셈이다. 고민할 필요도 없었다. 아니, 고민은 이미 끝났다. 만들어진 지 얼마 되지 않는 연약한 심장으로 피를 돌게 하고 끊임없이 세포 수를 늘리며 기적적인 속도로 진화의 과정을 밟고 있을 내 안의 작은 생명체

는 자연스럽게 우주라고 이름 붙여졌다. 이 순간을 기억해야지, 나는 생각했다. 바람의 방향, 나뭇잎의 색깔, 금세 헝클어질 구름의 모양까지, 그래서 우주에게도 언어가 생기면 이 순간에 대해 긴 이야기를 해 주리라. 이제부터 나는 우주의 모든 순간을 기억해야 하는 것이다. 나는 우주와 세계를 이어 주는 매개이자 그 존재를 세상 사람들에게 알리게 될 전령이며, 동시에 우주가 자라나는 과정을 증언해야 하는 증인이니까. 나는 그 역할들을 절대로 포기하지 않을 것이며 단 한순간도 우주에게 암흑 따위를 상상하게 하지 않을 터였다. 그날 산책로의 나무 아래서 오직 그것만이 내 삶의 확실성이 되었다.

*

우주가 내게 찾아왔다는 걸 알게 된 그날, 서영이라는 한국인 여성에게서 또 한 통의 이메일이 도착해 있었다.

저녁 무렵 아파트로 돌아와 평소처럼 소파에 기대앉은 채 노트북을 켜고 이메일 계정에 접속한 순간, 서영의 이름이 가장 먼저 보였다. 서영에게서 처음 이메일을 받은 건 일주일 전이었다. 첫 이메일에서 그녀는, 대학에서 영화를 전공할 때부터 친구들과 수차례 독립 영화를 제작해 온 스물아홉 살의 여성이라고 자신을 소개한 뒤, 프랑스로 입양된 한국계이면서 연극배우이자 극작가로 활동하는 나를 주인공으로 다큐멘터리 형식의 영화를 구상 중에 있다고 밝혔다. 그녀는 그때 이렇게 썼다.

1년 전, 나나 씨의 인터뷰를 읽게 되었습니다. 그즈음 제가 세들어 사는 주택 1층에서 식당을 운영하는 할머니가 젊은 시절에 해외로 입양될 아이를 맡아서 키운 적이 있다는 걸 우연히 알게 되었는데, 이전까지 입양이나 입양인이 없다는 듯 모른 채 살아온 제 삶을 돌아보게 하는 경험이었습니다. 그래서인지 더더욱 나나 씨에 대한 생각을 멈출 수가 없었어요. 생각하고 또 생각하다 보니 제 안에서 나나 씨에 대한 영화가 만들어지고 있었습니다.

나나 씨가 프랑스로 입양되기 전까지 한국에서 머물렀던 공간들과 그곳에서 접촉했던 사람들을 찾아다니다가, 최종적으로는 나나 씨의 오래전 이름인 '문주'의 의미를 알아내는 과정 자체가 지금 제가 그리고 있는 영화입니다. 아시겠지만, 한국인의 이름에는 그 기호나 발음으로는 유추하기 힘든 저마다의 의미가 내포되어 있으니까요. 나나 씨, 그래서 저는 오늘 나나 씨에게 저와 한국에서 영화 작업을 하는 것에 대해 조심스럽게 의견을 묻습니다.

그때의 나는 도무지 현실성이라고는 없는 제안이라고 생각했다. 작품성이 보장되지 않은 아마추어 감독의 영화에 출연하기 위해 파리에서의 내 생활을 잠시 접고 한국에 간다는 건 패배가 예정된 게임만큼이나 어리석어 보였다. 웃음이 날 지경이었지만, 그럼에도 나는 자주 그 이메일을 떠올렸고 며칠 뒤엔 그 패기 어린 젊은 여성 감독에게 답장도 썼다. 왜 하필 나 같은 입양인의 이름에 관심을 갖게 됐느냐는 단 한 줄의 질문만을 적어서. 그녀의 두 번째 이메일엔 아마도 그 질문에 대한 대답이 담겨 있을 터였다.

*

서영이 읽었다는 그 인터뷰는 1년 전, 한국의 한 시민 단체가 해외 입양인들을 대상으로 마련한 행사에 참여하기 위해 34년 만에 한국을 방문했을 때 응한 거였다. 정부의 지원을 받아 입양인들에게 한국의 가족을 찾아 주고 만남을 주선하는 것이 그 행사의 주된 목적이라고 나는 들었다.

초청된 열다섯 명의 입양인 중에 내가 인터뷰에 섭외됐던 건 2주간의 행사가 중반으로 접어들 때까지 나만이 가족을 찾지 못해서였을 것이다. 게다가 나는 다른 입양인들에 비해 한국어에 능통했다. 나는 한국을 떠난 뒤에도 늘 한국어에 노출

되어 있었으므로 한국어로 말하고 듣고 읽고 쓰는 것에 큰 무리가 없었다. 어렸을 땐 앙리와 리사가 한국에서 제작된 동화책과 애니메이션 디브이디를 사다 줬고, 나이가 들면서는 내 의지로 인터넷을 통해 한국 드라마나 영화를 찾아서 봤다. 대학생 때는 같은 대학 건축학과에 다니는 기현이라는 한국인 유학생과 4년 가까이 언어 교환을 하기도 했다. 상급의 한국어를 구사하려면 한자를 알아야 한다는 기현의 조언을 듣고 헌책방에서 산 한자교본으로 독학을 한 시절도 있었다.

인터뷰는 8월 둘째 주 화요일, 서울의 광화문에 위치한 커피숍 2층에서 한 시간 정도 진행됐다. 나는 최대한 솔직하게 입양되기 전까지의 일들과 입양될 무렵의 상황을 길게 설명했다. 철로, 나를 구한 기관사, 그의 인상과 짐작되는 나이, 내가 문주라 불리며 1년 동안 살았던 그 기관사의 집 분위기, 그리고 그 뒤 입소하게 된 고아원의 이름까지⋯⋯. 마지막으로 나는 34년 전 프랑스행 비행기를 탈 때부터 간직해 온 단수 여권을 가방에서 꺼내 사진이 부착된 페이지를 펼쳐 보였다. 입양되기 직전 급하게 만든 여권이었는데, 혹여 나를 기억하는 사람이 있다면 그 사람에게 나에 대한 단서를 모두 전하고 싶다는 생각에서 가져간 것이었다. 노트북에 열심히 타이핑을 하던 기자가 어느 순간 고개를 들어 나를 보더니 웃으며 말했다.

"그런 이야기 말고도 해 주실 말씀이 많을 것 같은데⋯⋯.

프랑스에서의 생활은 어떤가요? 오랜만에 고국을 방문하셨는데 소회도 좀 부탁드리고 싶고요."

나는 물끄러미 기자를 건너다봤다. 기자가 마지막 판돈을 거는 마음으로 그 인터뷰에 응한 내 심정을 짐작하지 못하리란 걸 알면서도 순간적으로 제어하기 힘든 서운함이 밀려왔다. 어쩌면 적의에 가까운 서운함이었는지도 모르겠다.

인터뷰가 끝나고, 기자는 또 다른 일정이 있다며 먼저 커피숍을 떠났다.

해가 지고 밤이 깊어질 때까지 나는 그 커피숍에 꼼짝 않고 앉아 있었다. 유리창 밖 광화문 광장에 늘어선 천막들도 하나둘 어둠 속에 묻혀 갔다. 프랑스에서 뉴스로 접한 적 있기에 나는 그 천막들이 누구를 망각하지 않기 위해 저곳에 있는지 알고 있었다. 외신 특보로 그 뉴스를 보던 날 저녁엔 비가 내렸고 뜨거운 물로 오랫동안 샤워를 해도 한기가 가시지 않았다. 그 저녁을 생각하니 더 외로워졌다. 난파된 배에서 살아남았지만 아무도 찾아 주지 않아 정처 없이 표류하는 사람이 어느새 내 외로움을 연기하기 시작했다. 어떤 상황을 무대처럼 만들어 상상으로 빚어진 배우에게 내게 닥친 외로움을 전가하는 건 오래된 습관이었다. 전가된 외로움은 내 것이면서도 내 것이 아니었기에 깊이 빠지지 않아도 된다는 게 나는 좋았다.

잡지에 실린 그 인터뷰 기사는 딱 한 번 읽어 봤다. 내가 출국하기 전에 잡지가 출간되어 우편으로 받아 볼 수 있었다. 예상했던 대로 입양되기 전까지의 내 정보보다는 현재의 모습에 더 많은 분량을 할애한 세 페이지짜리 기사였다. 그 무렵에 나는 프랑스의 한 문화 재단에서 수여하는 희곡상을 받았는데 그 이력이 크게 부각되기도 했다. 내가 실어 달라고 부탁한 여권 사진은 지면에 없었다. 광화문 커피숍에서 찍힌 현재의 내 얼굴을 보고 내가 철로에 버려진 아이였다든지 한때 문주였다는 걸 알아차리긴 불가능해 보였다. 내가 걸었던 마지막 판돈은 내게 문주라는 이름을 지어 준 사람과 생모를 위한 것이었지만 지금껏 나는 그들의 전화를 받아 보지 못했다.

한참 동안 노트북 화면을 응시하다가 서영의 이메일을 체크하여 삭제 버튼을 눌렀다. 나는 서영을 모르고, 문주를 생각했다는 그녀의 시간에 대해서도 아는 것이 없었다. 그러니까 그녀가 어느 날 우연히 시사 잡지에 실린 내 인터뷰 기사를 읽은 뒤부터 상상을 부풀리며 한 편의 영화를 구상하기까지의 시간, 그 시간의 형질과 밀도는 내게 미지의 영역이었다.

그대로 노트북을 닫으려는데 손이 마음대로 움직이지 않았다. 과민할 필요 없어. 스스로에게 말했다. 내 질문에 대한 서영의 대답을 확인한 뒤에라도 이메일은 영구적으로 삭제할 수 있는 것이다. 결국 나는 다시 이메일 계정에 접속하여 방금 전 삭제했던 이메일을 복구한 뒤 거기에 적힌 문장을 천천히 읽기 시작했다.

지금도 가끔 생각한다. 그때 내가 서영의 이메일을 끝내 복구하지 않았다면, 그래서 서영이 기획한 영화에 참여하지 못했다면 나는 한국에서 만난 그 모든 사람들을 모른 채 살아갔을 것이고 그 삶은 가장 중요한 페이지가 없는 책처럼 공허했을 거라고, 상상도 할 수 없을 만큼……. 내가 어떤 현재를 살든, 이제 나는 그들을 만나기 전으로는 돌아갈 수 없는 것이다.

*

이름은 집이니까요.

서영의 두 번째 이메일은 이렇게 시작됐다.

이름은 우리의 정체성이랄지 존재감이 거주하는 집이라고 생각해요. 여기는 뭐든지 너무 빨리 잊고, 저는 이름 하나라도 제대로 기억하는 것이 사라진 세계에 대한 예의라고 믿습니다.

정체성, 존재감, 집, 예의……. 서영이 선택한 단어들은 일단 내 관심을 끌었다. 아니, 관심을 끌었다는 표현으로는 부족

했다. 그 단어들은 내가 삶에서 그 무엇보다 간절하게 희구하는 것들이었다. 나는 어느새 소파에 기댔던 등허리를 바로 하고는 서영의 이메일에 정신을 집중하기 시작했다.

서영은 이미 자신의 기획을 꽤 많이 진행한 듯했다. 영화의 시놉시스뿐 아니라 시퀀스 순서를 이미 작성했고 스태프를 구성했으며, 영상학과로 유명한 모교로부터는 비교적 최신형의 카메라와 렌즈를 지원받기로 약정을 맺었다고도 했다. 비록 비행기 티켓을 제공하지 못하고 출연료는 소액에 불과하지만 촬영을 하는 두세 달 동안 숙소는 해결해 줄 수 있다며 몇 개의 이미지 파일을 첨부하기도 했다. 첨부된 이미지 파일을 열자 작은 거실과 침실, 그리고 창밖을 찍은 풍경 사진들이 하나씩 노트북 화면에 떴다. "실은 제 자취 집인데 보시다시피 고급스럽진 않지만 혼자 머무는 데는 큰 문제가 없을 거예요. 게다가 밤에는 조명을 밝힌 남산 타워도 볼 수 있답니다."라고 서영은 이어서 썼다.

가만히 그 사진들을 들여다보는 동안, 내게는 일종의 위탁 가정이 되어 주었던 기관사의 집이 어렴풋이 떠올랐다. 그 집은 골목 안쪽에 자리한 낡은 한옥이었는데 비가 오면 집 구석구석에 배어 있던 나무 냄새가 박하 향처럼 싸하게 번져 나오곤 했다. 그 집에서 비가 온다는 건 갈색에 가까운 자줏빛을 띠는 납작한 만두 모양의 음식을 먹을 수 있다는 의미이기도 했다. 기관사의 어머니는 평소엔 나와 눈만 마주쳐도 혀를 끌끌 차곤 했지만, 앞이 트인 마루에 나란히 앉아 빗소리를 들으며 그 음식을 나눠 먹을 때만큼은 친할머니처럼 다정하기만 했다. 반죽 안에 달콤한 팥을 갈아 넣고 기름에 부쳐 낸 뒤그 위에 설탕을 솔솔 뿌린 그 음식의 이름을 나는 기억하지 못한다. 이름조차 잊었고 한국을 떠나온 뒤로 다시는 접해 보지못했는데도 며칠 전부터 그 맛이 혀끝을 맴돌곤 했다. 프랑스에서는 도저히 구할 수 없는 그 음식을 먹게 된다면 시시때때로 나를 괴롭히는 매스꺼움이 단박에 해결될 것만 같았다. 물론 나도 알고 있었다. 단지 특정 음식을 먹기 위해 임신 초기에 장거리 비행기를 타는 건 상식적이지 않은 선택이란 걸, 의사의 말대로 모든 것에 조심해야 한다는 것도. 나는 그쯤에서서영의 이메일을 삭제하든지, 아니면 형식적인 거절의 문장을 써야 했다. 그러나 나는 그렇게 하지 않았다. 대신 언젠가한국 문화를 소개하는 책자에서 읽은 내용 ── 한국에서는 많은 임산부들이 일정 기간 친정에 가서 영양을 보충하며 출산을 준비한다는 내용이었다. ── 을 되새기며 마음이 흔들릴 준비를 하고 있었다. 무엇보다 서영의 영화를 통해 기관사나 그의 어머니를 찾게 될지도 모른다는 기대감이, 그 가능성이 희박하다는 걸 알면서도, 내 모든 부정적인 여건을 압도하고 있었다. 그 기대감은, 문주의 의미를 알게 되어 나의 기원이 조금이라도 확실해진다면 더 떳떳하게 우주를 환대할 수 있으리란 희망이기도 했다.

*

그 기관사는 철로에서 나를 구한 사람이었다.

좀 더 정확히 표현한다면, 그는 자신이 운전하던 기차를 급정거하여 그 기차에 치일 뻔한 나를 구했다. 멈춰 선 기차 앞에서 겁에 질려 울고 있던 신원 미상의 여자아이를 그는 무슨 이유에선지 경찰서나 고아원에 바로 보내지 않았고, 대신 어머니와 살던 집으로 데려가 문주라고 부르며 보호해 주었다. 서영의 말대로 이름이 집이라면, 나는 그 이름 안에서 1년 가까이 거주한 셈이다. 문주는 문서에 기록되거나 관공서에 등록된 적 없이 기관사와 그의 어머니, 그리고 동네 사람들 몇몇에게만 불리다가 내가 고아원에 입소하면서 자연스럽게 소멸됐다. 생명의 은인이자 내 삶의 임시 보호자였던 그가 내게 문주라는 이름을 붙여 준 이유는 알 수 없지만, 그 이름이 선의에서 빚어졌다는 건 분명했다. 그럴 수밖에. 그는 밥상 앞에서 내 머리를 쓰다듬으며 무조건 많이 먹으라고 말해 준 유일한 어른이었으니까. 자주 생과자를 사다 주었고, 그의 어머니

20

가 어서 저 계집애를 처리하라고 닦달하는 날이면 날 번쩍 안아 등에 업고는 집 근처로 산책을 나가기도 했다. 오랫동안 나는 그를 찾아보려는 시도조차 할 수 없었다. 생과자의 설탕 맛, 부드러운 손바닥과 단단한 등뼈의 감촉, 그리고 나를 보며 '문주야'라고 부를 때 귓바퀴에서 작은 파동을 일으키던 중저음의 목소리, 그렇듯 몇 개의 조각난 감각으로 한 사람을 찾을 수는 없는 것이다. 나는 그때 고작 세 살이거나 네 살 ─ 보건소의 의사가 내 성장 상태를 보고 유추한 나이였으므로 그마저도 정확하지 않다. ─ 이었고, 미래의 재회를 위해 그의 이름이나 한옥 집의 주소를 미리 메모해 둘 만큼 영리하지도 못했다. 1년 전 한국으로 나를 초대했던, 해외 입양인들에게 더없이 호의적이던 시민 단체의 선량한 스태프들도 나를 도와주지 못했다. 이름도, 나이도, 신분증 번호도 모르는 가족 이외의 사람을 찾는 건 그들에게도 역량 밖의 일이었던 것이다. 그를 찾지 못했으므로 서류에 남지 않은 문주라는 이름의 의미도 알아낼 방도가 없었다.

문기둥.

한때는 차선으로나마 문기둥이라는 사물에 기대기도 했다. 대학 때 나와 언어 교환을 했던 기현이 어느 날 표준국어대사전에 나와 있다며 일러 준 문주의 의미를 믿기로 했던 것이다. 나는 그때 기현의 사전에 머리를 들이민 채 '문주' 카테고리에 나와 있는 해설, 그러니까 '문주: 문짝을 끼워 달기 위하여 문의 양쪽에 세운 기둥'이라는 구절을 읽고 또 읽었다. 사실 그날 나는 기뻤다. 사전에 나오는 단어로 사람의 이름을 짓는 경우가 드물다는 걸 알면서도 문주가 한국인들에게 친숙한 단어라는 게 좋았고, 문기둥이 환기하는 이미지가 낯선 만큼 매혹적이어서 또 좋았다. 지붕을 떠받쳐 주는 뿌리이자 건축물의 무게중심 역할을 하는 문기둥은 내가 가 본 적 없는 먼 나라의 유적 같기만 했다.

문주, 문기둥, 연달아 되뇌면 위로받는 기분이 들었다.

그러나 불확실한 가정은 지속적으로 위로의 힘을 발휘할 수 없다. 기대면 기댈수록 나의 문기둥은 흔들렸고 조금씩 부서졌다. 희미해지고 투명해졌다. 확실하지 않은 정보를 확실하다고 믿는 것이 오히려 더 큰 실망감을 안기기도 한다는 걸 터득한 뒤부터는 괴롭거나 혼란스러울 때마다 주문을 외듯 문주와 문기둥을 연달아 되뇌는 습관도 버렸다. 위로의 유효기간은 끝났고, 유적은 폐쇄됐다.

가끔은 친구들이 과거의 일시적인 이름에 왜 그토록 집착하느냐고 묻곤 했다. 그 질문에 나는 언제나 같은 대답을 내놓을 수밖에 없었다. 문주는 내게 시원(始原)이기 때문이라는 대답을. 문주로 불리기 이전, 그러니까 철로에서 발견되기 전까지의 삶은 암흑의 연장일 뿐이어서 그 시절에 대한 기억은 전

22

무했다. 세 살이나 네 살 이전의 일을 기억하지 못하는 건 성장 속도에 따른 자연스러운 현상일 수도 있고, 대학 시절에 만난 심리 상담사의 말대로 철로에서의 충격 때문일 수도 있을 것이다. 기억이 없으므로 그때 불렸던 이름 — 물론 나의 생모는 이름을 지어 주는 작은 수고조차 생략했을지도 모른다. — 도 망각 속에 묻혔다. 문주로 살면서부터 나는 비로소 감각과 기억을 소유할 수 있게 된 셈이다. 단맛과 쓴맛을 인지하고 좋은 것을 좋다고 말할 줄 알게 되고 심심함과 억울함과 미안함을 느낄 수 있는 온전한 존재. 모든 '처음'의 기억 — 처음으로 입 밖으로 내뱉은 말, 처음으로 가 본 식당과 미용실의 풍경, 처음으로 웃고 울었던 계기, 처음으로 버림받음의 의미를 깨달은 순간도 내가 문주였던 날들에 속해 있었다. 문주의 의미를 알아야 나의 역사도 시작될 수 있는 것이다.

1년 전 인터뷰에서, 나는 이런 이야기를 했었다.

*

만약 문주의 의미를 찾지 못하게 된다면, 그 실패가 영화의 결말이 되겠죠.

서영의 이메일은 이 문장으로 끝났다. 이상했다. 웹에서 제 공하는 프로그램에 따라 직조된 표준적인 글자들에서 나는, 삶에서 한 번쯤은 무모해도 된다고 말하는 듯한 덤덤한 목소 리를 듣고 있었다. 그 순간 흔들리던 내 마음은 완전히 기울었 을 것이다. 영화 촬영 기간을 실패에 대한 염려 없이 그저 만 두 모양의 음식을 먹으며 태교를 하는 두세 달 동안의 휴가라 고 정의하자, 서영의 제안이 무리한 부탁이 아니라 오히려 내 게 찾아온 행운 같다는 생각마저 들었다.

서영에게 답장을 썼다.

그리고 바로 다음 날부터 나는 출국 준비를 시작했다. 닥터 주베를 다시 찾아가 임신 12주 이후엔 장거리 비행기를 타도 된다는 허락을 받았고 가능하면 27주 이전에는 귀국해서 출산 을 준비하라는 조언을 들었다. 한국의 병원을 이용할 수 있는 다국적 보험에 가입했고 비자를 갱신했으며 내 소유의 스튜 디오 아파트는 관리비를 대납하는 조건으로 후배 배우에게 빌 려 주기로 했다. 내가 소속된 극단의 총연출자에게 1년 간 작 품 활동을 쉬고 싶다는 이야기를 전한 날, 나는 집으로 돌아가 는 전차 안에서 리사에게 전화를 걸었다. 5년 전부터 리사는 지중해 연안에 인접한 프랑스 남부의 몽펠리에서 혼자 살고 있었다. 그곳은 앙리의 고향이었다. 그날 리사에게 나는 한국 에 다녀올 예정이라는 소식만 전했을 뿐, 리사가 곧 우주의 할머니가 된다는 이야기는 꺼내지 않았다. 앙리의 죽음 이후, 리사와 나는 사적인 대화를 나누는 것조차 어색한 관계가 되어 있었다. 앙리가 살아 있을 때도 우리가 특별히 다정하게 지낸 건 아니었지만 앙리의 부재는 다른 차원의 감정, 그러니까 남겨진 사람들끼리 서로를 챙기고 고민을 나누는 것에 무언의 죄책감을 갖게 했다. 게다가 나는 리사의 결핍을 알고 있었다. 리사에게 우주의 존재가 그 결핍을 되새기게 하는 계기가 된다면, 그것이 비록 한순간일지라도, 나는 도저히 그 상황을 견딜 자신이 없었다. 널 믿는다. 휴대폰 너머에서 리사가 말했다. 리사는 늘 그렇게 말했다. 네가 걱정돼, 너를 사랑해, 나의 딸, 그런 식의 직설적인 말은 리사의 것이 아니었다. 우리는 부쩍 더워진 날씨와 몽펠리에의 몇몇 극장에서 예정된 고다르의 회고전에 대해 조금 더 이야기를 나눈 뒤 웃으며 전화를 끊었다.

그리고 한 달 뒤, 나는 한국행 비행기에 몸을 실었다. 14주째 자라고 있는 우주와 함께, 문주의 의미를 찾겠다는 명분을 갖고, 그러나 마음 깊은 곳엔 영화야 어떻게 되든 상관없다는 무책임을 숨긴 채.

1년 만의 뜻하지 않은 귀향이었다.

2

뜻하지 않은 귀향, 그렇게밖에는 말할 수 없다.

1년 전, 전 세계에서 모인 한국계 입양인들과 열흘 동안 한국에 머물다가 프랑스로 돌아가면서 나는 다시는 한국에 오지 않겠다고 결심했던 것이다. 다른 입양인들이 사진이나 서류, 혹은 편지 같은 단서로 친부모와 형제를 만나는 동안 나만 혼자 숙소에 남아 텔레비전을 보거나 맥주를 마시며 시간을 보내서만은 아니었다. 나는 그때 프랑스에서보다 훨씬 더 순도 높은 외로움에 시달렸다. 내가 감당할 수 있는 용량을 넘어서며 끊임없이 확장되는 동심원 모양의 외로움이었다.

프랑스에서는 한국에만 가면 나의 무언가가 보상받을 거라고 생각했다.

앙리와 리사는 훌륭한 부모가 되어 주었고 내가 운 좋게도 최적의 가정에 입양되었다는 걸 충분히 인정하지만, 이식된 나무 같은 내 정체성은 어떤 식으로든 드러날 수밖에 없었다. 가령 나는 앙리와 리사에게 원하는 것을 요구하며 아이답게 떼를 쓴 적이 없었다. 고가의 학용품, 자동차 여행, 왁자지껄한 생일 파티 같은 것을. 체하거나 몸살 기운이 있어도 얌전히 침대에 누워 잠든 척했고 같은 반 남자아이들에게 인종차별 섞인 성희롱을 당해도 그 억울함을 호소하지 않았다. 외식이라도 하는 날엔 앙리와 리사가 고른 것보다 저렴한 음식을 찾느라 메뉴판을 샅샅이 살폈고, 그들이 교사에게 불려가 귀찮은 일을 당하지 않도록 학교의 모든 규율에 순종했다. 내가 원한 보상은 대단한 게 아니었다. 그 순간의 감정에 솔직해지는 것, 마음에 들지 않거나 불만인 것을 눈치 보지 않고 표현하는 것, 왜 버렸고 왜 다시 찾지 않았느냐고 아픈 마음을 숨기지 않은 채 물어보는 것……. 혹시라도 생모나 기관사를 만나게 된다면 나는 그런 것이 하고 싶었다. 그게 다였다.

망상이었다.

생모나 기관사를 찾기에는 내가 갖고 있는 그들에 대한 정보가 전무하거나 미비하다는 걸 알면서도 기대한 대가였다. 그들과의 만남이 결국 손에 닿을 수 없다는 걸 인정하면서 나는 더더욱 외로움에 매몰됐다. 외로움의 끝은 무력감이었다.

관광이나 쇼핑을 하지 않았고, 한국 음식을 요리하여 나눠 먹는 주최 측의 프로그램에도 참여하지 않았다. 시민 단체 스태프들이 특별히 나를 챙기기 시작하자, 나는 그들의 걱정과 친절이 해외 입양인들을 향한 한국인 특유의 불편한 연민 같아서 더더욱 움츠러들었다. 그런 연민이라면 해석하는 것만으로도 온 생애가 소모되는 기분이었다. 행사가 끝나갈 무렵에는 거의 하루 종일 숙소에 처박혀 지냈는데, 자정 즈음 숙소에서 나와 거리를 걸으며 도시의 조명이 하나둘 꺼지는 순간을 지켜보는 게 그때의 내 유일한 낙이었다. 빛의 도시 서울이 폐점하듯 컴컴해지는 순간이 좋았다. 아니, 내가 그때 숨죽이며 지켜봤던 건 완전한 어둠이 아니라, 편의점과 24시간 운영되는 식당과 깜빡이는 신호등에서 보내오는 꺼지지 않는 불빛이었는지도 모르겠다. 아무리 깊은 새벽이어도 불 켜진 창문들이 꼭 몇 개씩 남아 있던 빌딩은 구멍이 숭숭 뚫린 검은 천막을 뒤집어쓴 거대한 발광성 생명체처럼 보였고, 빌딩 옥상의 멀티비전에서는 음소거된 상태로 환하게 웃는 미인들이 클로즈업됐다. 내게 말을 거는 듯했던 고요한 빛의 수런거림, 나는 바로 그 수런거림을 듣기 위해 자정마다 아무도 몰래 숙소를 나와 무작정 걸었던 것이다.

*

    결과적으로 나는 그 행사를 통해 아무도 찾지 못했지만, 대신 그때 만난 두 명의 입양인을 오랫동안 기억했다.

    한 명은 나와 같은 방을 쓰던 덴마크 국적의 수지였다. 언제나처럼 밤 산책을 마치고 새벽에 숙소로 돌아오자, 수지의 침대는 비어 있는데 욕실에서는 물소리가 났다. 수지가 수도를 틀어 놓은 채 잠시 외출한 거라 여기고 무심코 욕실 문을 열었을 때, 놀랍게도 이미 반쯤 물이 찬 욕조에 외출복 차림으로 앉아 있는 수지가 보였다. 수지는 갓 스무 살로 열다섯 명의 입양인들 중에서 가장 나이가 어렸고 발랄했으며, 한국에 있는 가족도 쉽게 찾아서 그때까지 거의 매일 생모와 언니들을 만나러 외출을 나가곤 했다. 무슨 일이냐고 묻자 그제야 수지가 날 올려다봤다. 물이 찬지 입술이 파랬다. 나는 일단 욕조의 수도를 잠그고는 수지에게 수건과 목욕 가운을 챙겨 주었다. 잠시 뒤 가운을 걸친 채 욕실에서 나오는 그녀를 부축하여 조심스럽게 침대에 눕히자 벽 쪽으로 돌아누우며 그녀가 말했다. 가족을 만나는 게 즐겁지 않다고, 다만 기쁜 척 가장하는 것뿐이라고, 모든 것이 가짜 같다고…….

    "함께 밥을 먹거나 쇼핑을 하다가도 어느새 내 영혼은 그들로부터 분리되어, '다시 만난 가족'이라는 콘셉트로 연기를 하고 있는 그들과 그들 속에 있는 나를 냉담하게 지켜보는 거예요. 늘 그런 식이죠. 내가 그리던 가족이 아니에요. 실은 그들이 비참할 정도로 가난할 거라고 생각했어요. 하지만 막상 만나 보니 그들에게는 집과 자동차가 있었어요. 언니들은 둘 다 대학 교육을 받았고, 심지어 엄마는 늙은 개까지 키우고 있더군요. 뻔뻔해. 낳아 달라고 애원한 적도 없는데 낳아 놓고는 내 동의나 허락도 없이 먼 나라로 보내 버렸죠. 그랬으면서 개를 키우고 있다니……. 그들은 모를 거예요, 내가 하루에도 수십 번씩 그들을 칼로 찌르고 그 시신을 짓밟고 유기하는 상상을 한다는 걸 말이에요."

그날 수지는 잠들 때까지 흐느꼈다. 나는 그 곁을 지키고 앉아 가끔씩 들썩이는 그녀의 등을 쓸어 주었다. 수지는 동틀 무렵에야 겨우 잠이 들었다. 아이처럼 동그랗게 몸을 말고는 나쁜 꿈을 꾸는지 인상을 쓰며 쌔근거리는 수지를, 나는 한참 동안 내려다봤다.

또 한 명의 입양인은 미국 국적의 스티브였다. 1970년대 후반에 미국으로 입양된 스티브는 나보다 열 살 정도 나이가 많았고 한국말은 간단한 인사의 표현 외에는 전혀 할 줄 몰랐다. 키는 작지만 어깨가 다부지고 눈동자가 형형해서 어쩐지 퇴역 복서가 연상되는 사람이었는데, 그의 실제 직업은 요리사라고 했다. 출국을 하루 앞두고 숙소 근처 술집에서 파티가 열린 날, 나는 테이블 끝자리에 스티브와 나란히 앉게 되었다. 그 자리에 있던 입양인들 중에서 가족과 상봉하지 못한 사람은 나와 스티브뿐이었는데, 나는 상봉할 가족을 찾지 못한 경우였고 스티브는 스스로 상봉을 거부한 경우였다. 그와 나는 주변의 입양인들이 재회한 가족과 관광 경험을 화제로 와자지껄 떠드는 소리를 한 귀로 들으며 아무 말 없이 술잔만 비웠다. 파티가 끝나갈 즈음 스티브가 내게 친부나 친모가 외국에 있는 거냐고 영어로 물었다. 테이블 한가운데 자리에 앉은, 그와 똑같이 미국으로 입양됐던 에즈네라는 내 또래 여성이 입양은 신이 자신에게 준 가장 큰 기회였다고 떠드는 소리가 유독 크게 들리던 중이었다. 아뇨. 나는 희미하게 웃으며 대답했다. 그럼, 그들이 감옥에 있어서? 아뇨. 혹시 그들이 죽었나요? 확인하지 못했어요. 실은 그들에 대해 아무것도 몰라요. 그와 내가 침묵하는 동안, 생모가 자신을 입양 보내지 않았다면 지금처럼 변호사가 되지는 못했을 거라는 에즈네의 목소리가 또다시 크게 들려왔고 뒤이어 에즈네에게 동의하거나 반박하는 말들이 오고갔다. 그 작은 소란이 잦아든 뒤에야 스티브가 말했다.

 "난 일곱 살 때 미국의 미네소타주(州) 시골로 입양됐어요. 스무 시간에 걸친 여정 끝에 그 집에 도착해 보니 이미 세 명의 의붓 형제가 있더군요. 다 입양된 남자 아이들이었는데 고향과 인종은 제각각이었어요. 알고 보니 양부모가 옥수수 농

31

사에 이용하고 세금 감면을 받기 위해 그렇게 무턱대고 아이들을 사들인 거였어요. 그야말로 퍼킹 쉿(fucking shit)이었죠. 열여덟 살이 되자마자 도시로 도망쳤어요. 빌딩 청소부터 선착장 하역까지, 안 해 본 일이 없어요. 엄마 ― 그는 그 단어만큼은 한국말로 '엄마(umma)'라고 했다. ― 가 보고 싶었지만, 그녀의 신분증 번호와 주소 같은 걸 모르니까 찾지는 못했죠. 경제적으로 여유가 없기도 했고요. 그렇게 세월이 흘러 이 나이가 됐어요. 거의 포기한 채 살고 있었는데, 작년에 내 아이가 태어났거든요. 아이를 보니 엄마를 찾아야겠다는 의지가 다시 생기더라고요. 그래서 이 프로그램에도 참여하게 되었고요. 이번에 한국에 와서 가까스로 엄마의 행방을 찾긴 했어요. 그런데, 오 세상에, 그녀는 남쪽 도시에 있는 노숙자 시설에 방치되어 있다고 하더라고요. 더 끔찍한 건 오랫동안 정신병을 앓아서 아들을 낳았다는 사실을 기억하지 못한다는 거였어요. 40년 만에 드디어 엄마를 찾았는데 보러 가지 않았어요. 내가 찾던 사람은 생물학적인 엄마가 아니라 내게 미안하다고 사과하는 감정적인 차원의 엄마였나 봐요. 아니, 어쩌면 나는 그 이상의 엄마를 만나고 싶었던 건지도 몰라요. 그러니까 아이를 버린 것에 수치심을 느끼고 눈물을 흘리며 용서를 비는 엄마 말이에요. 엄마는 곧 죽겠죠. 나 외에는 자식을 더 낳지 않았고 부모와 남편도 없으니, 아마도 혼자서. 나는 이제 아무도 용서할 수 없어요, 영원히."

긴 이야기를 끝낸 스티브는 잔에 남은 맥주를 한번에 들이켰고 빈 잔을 들여다보며 나직이 덧붙였다.

"You're lucky."

3

한국 시간으로 아침 9시, 입국 심사를 마친 뒤 게이트를 나서자 '문주'라고 쓰인 팻말을 들고 서 있는 두 사람이 보였다. 양손으로 캐리어 가방 하나씩을 끌며 그들에게 다가가자 어깨에 촬영용 카메라를 메고 있던 여성이 가볍게 나를 안아 주었다. 그녀가 서영이었다.

서영과 함께 온 사람은 서영이 졸업한 예술 대학의 같은 학과 후배라고 했다. 서영은 후배에 대해 올해 초에 대학을 졸업한 뒤 대학원에 진학하기 위해 준비 중이라고 소개했지만, 커트 머리에 중성적인 옷차림을 하고 있는 단신의 후배는 성인 여성보다는 사춘기 무렵의 소년에 더 가까워 보였다. 몸매가 드러나는 원피스 차림에 긴 머리카락이 부드럽게 물결치는 서영과 함께 있어서 소년 같은 이미지가 부각되는 것인지도 몰랐다. 후배의 이름은 소율이었다. 서영의 '서'는 새벽, '영'은 수정, 그러니까 새벽의 수정. 소율의 '소'는 작음, '율'은 밤나무, 한 마디로 작은 밤나무를 닮은 사람. 공항의 입국장 벤치에서 내가 서영과 소율의 의미를 물었을 때 그들은 웃으며 그렇게 알려 주었다. 나는 잊지 않겠다는 듯 새벽의 수정, 작은 밤나무, 몇 번씩 중얼거린 뒤 휴대폰 메모장에 입력했다. 그런 나를 물끄러미 건너다보던 서영이 마치 방금 생각났다는 듯 짐짓 명랑한 목소리로 말했다. 다큐멘터리 형식의 영화 작업은 처음이지만 대학 시절부터 지금까지 소율과 함께 다섯 편의 단편영화를 완성했고, 작년 겨울에 완성한 가장 최근의 작품은 국가기관으로부터 제작 지원을 받았으며 국내 영화제에 초청되기도 했다고, 뿌듯한 얼굴로. 그러나 아쉽게도 지금껏 만든 영화 중에서 극장에서 정식으로 상영되거나 판권을 팔아 수익을 낸 경우는 없다고도 했다, 이번엔 풀 죽은 얼굴로.

"그래서 늘 돈이 문제죠."

말한 뒤, 서영은 쑥스럽다는 듯 웃었다.

늘 돈이 문제였으므로 미술 세트나 컴퓨터 그래픽, 저작권이 남아 있는 음악은 영화에 활용하지 못했으며 배우든 스태프든 최소한으로 구성할 수밖에 없었다고 서영은 이어 말했다. 우리가 함께 작업할 영화도 사정은 마찬가지여서 고정된 출연자는 나 혼자뿐이고 스태프는 감독인 서영을 포함하여 단 세 명이라고, 공항에 함께 오지 않은 또 한 명의 스태프는 최근에 늦깎이로 군대를 다녀온 서영의 남자 친구로 그 역시 영화학과 동기라고 했다. 촬영을 시작하면 후줄근한 트레이닝복을 입고 나타날 테니 놀라지 말라고 서영은 웃으며 덧붙였다. 서영이 내 눈치를 살피는 게 느껴졌다. 초라한 촬영 여건에 내가 실망할까 봐 지레 걱정하는 것임을 짐작할 수 있었다.

실망 같은 건 없었다. 오히려 익숙했다. 앙리도 늘 그렇게 열악한 환경에서 영화를 만들었다. 내 양아버지가 영화감독이란 걸 몰랐던 서영과 소율은 내가 앙리에 대해 말하자 놀라움을 감추지 못했고 그의 영화에 흥미를 보였다. 기회가 되면 앙리의 영화를 보여 달라는 그들의 부탁이 거짓일 리 없다는 걸 알면서도, 나는 바로 확답을 하지는 못했다. 우리 세 사람이 음식과 맥주를 차려 놓고 앙리의 영화를 관람하는 장면을 섣불리 기대하고 싶지 않았다. 그들이 앙리의 영화를 이해하지 못하거나 좋아하지 않는다면 나는 분명 실망할 테고, 오랫동안 그 실망을 되새길 게 뻔했다.

"참, 문기둥이라고 했죠?"

서영이 화제를 돌려 그렇게 물었다. 내가 1년 전 인터뷰에서 했던 말을 확인하는가 싶어 고개를 끄덕인 순간, 서영이 휴대폰을 꺼내 뭔가를 찾더니 이내 내 앞으로 그것을 들이밀었다. 휴대폰에 내장된 사전에 문주 카테고리가 떠 있었다.

"찾아봤는데, 문주에는 문기둥 외에 '먼지'의 의미도 있더라고요. 한국의 동북 지역에서 먼지의 사투리로 쓰였대요."

나는 서영의 휴대폰을 건네받은 뒤 그 화면을 뚫어지게 들여다봤다. 긴 터널 안으로 빨려 들어가듯 주위는 점점 어두워졌고 공항의 소음도 엷어져 갔다. 영화에 필요한 신(scene)이라고 판단했는지 서영이 황급히 카메라를 켜더니 촬영을 하는 게 언뜻 보였다. 카메라의 붉은색 온(on) 표시가 불편하게 의식됐지만 그 감각은 이내 무뎌졌다. 내 눈에 보이는 건 오직하나, 먼지라는 글자뿐이었다.

*

먼지.

공항철도 열차를 타고 서울로 이동하는 동안에도 나는 먼지만을 생각했다. 내 오른편에 앉은 서영은 공항의 입국장 벤치에서 찍은 영상을 유심히 보고 있었고, 왼편에 앉은 소율은 피곤한지 끄덕끄덕 졸고 있었다.

작고 쓸모없는 물질, 청결을 위해 제거되어야 하는 것, 모든 생명체가 덧없이 소멸하기 직전 마지막으로 존재하는 형태.

먼지를 정의하면 할수록 먼지야말로 문주의 진짜 의미 같다는 생각은 점점 커져 갔다. *한곳에 정주하는 일 없이 작은 바람에도 속절없이 흩날리며 지금껏 나는 살아왔으니까. 태어나지 않았다면, 하고 가정할 때마다 세상 곳곳을 누비는 먼지를 떠올리던 날들이 있었으니까.* 어쩌면 그 기관사는 내게 각인된 여러 감각과 달리 속내는 가혹한 사람이었을지 모른다는 과장된 배신감이 이내 뒤따랐다. 철로 같은 곳에 버려진 아이라면 그 어디에도 흔적을 남기지 않고 사라지는 게 마땅하다고 그는 여겼을 수도 있으므로. 그렇다면 문주는 선의가 아니라 무시와 조소로 빚어진 이름이었던가. 맞은편 차창을 건너다봤다. 열차 창밖으로 흘러가는 풍경은 인천과 서울에 걸쳐 있는 선명한 여름의 일부였는데도, 내 눈에는 유해한 먼지가 뿌옇게 내려앉은 멸망하기 직전의 도시가 보이는 듯했다.

"많이 덥죠?"

그새 깨어난 소율이 내 쪽으로 손수건을 내밀며 물었다. 나는 눈에 띄게 식은땀을 흘리고 있었던 모양이다. 반듯하게 접힌 체크무늬 손수건을 내려다보는데, 순간 그녀에게 모든 것을 털어놓고 싶은 욕망이 일었다. 나는 아기를 가졌다고, 지금 나를 이루는 가장 큰 성분은 먼지가 아니라 우주라고, 내 미숙함 탓에 우주에게 무슨 일이 생길까 봐 실은 겁이 난다고, 그러니 내가 가장 필요로 할 때 딱 한 번만 도움을 줄 수 있겠느냐고도.

그럴 수는 없었다.

이제 겨우 인사를 나눈, 심지어 나보다 열 살 이상 어린 서영이나 소율에게 나를 의탁하고 싶지 않았고 그럴 명분도 없었다. 그저 좋은 영화를 찍겠다는 의지로 많은 것을 감수하게 될 그들이 내 상황과 건강까지 신경 쓸 이유는 없는 것이다. 영화 작업이 끝나면 나는 서영의 집에서 나올 것이고 의사의 조언대로 적어도 27주 전에는 프랑스로 돌아가 해산을 준비할 것이다. 그사이에 배가 불러와 체형이 변하고 순간순간 예상하지 못한 방식으로 감정이 동요한대도 언제나 그랬듯 나는 혼자일 것이고, 혼자여야 했다.

*

녹사평역에서 내리자 서영과 소율이 피곤해하는 나를 배려하여 내 캐리어 가방을 하나씩 맡아 끌었다. 녹사평역 바깥에는 높은 담벼락에 둘러싸인 미군 기지가 있었고 잎이 무성한 플라타너스가 줄지어 서 있었다. 서영의 자취 집은 녹사평역과 이태원역 사이에 위치한 동네인데 보통은 녹사평역에서 마을버스를 타고 이동한다고 했다. 오늘은 첫날이니 지리를 익힐

겸 걸어서 올라가지만 다음부터는 마을버스를 이용하는 게 좋을 거라고, 그만큼 길이 가파르다고 서영이 설명을 이어 갔다.

오르막길이 시작됐다. 오르막길은 서영의 말대로 가팔랐고 오래된 듯 보이는 주택들이 양편으로 빼곡했다. 특이한 건 평범한 주택가에 세련된 인테리어를 갖춘 레스토랑과 술집, 커피숍이 필요 이상 자주 보인다는 것이었다. 상점마다 문이 활짝 열려 있었고 그 안에는 주로 젊은 여성들이 무언가를 마시며 이야기를 나누거나 책을 읽거나 노트북을 들여다보고 있었다. 과거와 현재, 쇠락과 젊음, 일상과 소비가 혼용된 곳, 그 오르막길은 내게 그렇게 각인됐다. 이곳의 물가가 유독 저렴하여 대학생이 되어 상경하면서부터 정착해 살았는데, 10년 사이 뜻밖에도 서울의 핫플레이스가 되었다고 서영이 말했다. 그 탓에 애꿎게도 월세만 올랐다고, 자신 역시 재계약 시기가 오면 이사를 가야 한다고 말을 이어 가던 서영이 어느 순간 결연한 표정을 짓더니 대체 누구를 위한 개발이냐고 돌연 언성을 높였다. 나는 서영 대신 소율에게 동네의 이름을 물었다.

"여기는 이태원이에요. 그러니까 용산구의 이태원동이요. 사실 서영 언니네 집이 있는 동네는 해방촌으로 더 많이 불리는데, 해방촌이 공식적인 명칭은 아니거든요. 한국이 일본으로부터 해방된 뒤에 외국에서 귀국한 사람들이나 월남한 사람들이 모여들기 시작하면서 붙여진, 그러니까 일종의 별명 같은 거예요."

"그럼, 용산이나 이태원에도 뜻이 있나요?"

"그건……."

용산이니 이태원의 뜻이라면 한 번도 생각해 보지 않았는지 머리만 긁적이던 소율이 이내 휴대폰을 꺼내 한참을 들여다본 다음에야 내게 대답했다.

"용산은 형세, 그러니까 땅의 모양이 용을 닮아서 용산이래요."

"이태원은? 이태원은 뭔데?"

곁에서 서영의 목소리가 끼어들었다.

"이태원의 유래는 두 가지네요. 하나는 이곳에 이태원이라는 역원(驛院)이 있었는데 그때의 이름이 지금까지 쭉 내려왔다는 거예요. 역원 이름이 이태(梨泰)인 이유는 여기에 큰 배밭이 있어서였고요. 다른 하나는 조선이 전쟁을 겪을 때마다 겁탈당한 여자들이 이 동네에서 아이를 낳고 모여 살았는데, 사람들이 그들을 이타인(異他人)으로 불렀다네요. 그 이타인에서 이태원이 유래됐다는 거죠."

"두 번째 설이 더 그럴싸하네. 이태원엔 미군도 있고 외국인이랑 실향민도 많이 살고, 게이 바랑 무슬림 식당도 흔하잖아."

나는 서영과 소율의 대화를 가만히 듣고만 있었다. 잠시 뒤 우리는 다시 오르막길을 따라 걷기 시작했다. 뒤처져 있던 소율이 잰걸음으로 다가오더니 조선은 역사 속 왕조의 이름이고 역원이란 말을 타고 이동하던 사람들의 숙소라고, 마치 대단한 비밀이라도 된다는 듯 낮은 목소리로 일러 주었다. 나는 알겠다는 의미로 가까스로 웃어 보였다. 조선이니 역원이니 하는 건 주기율표의 원소명이나 난해한 철자의 행성 이름처럼 한낱 스쳐 가는 단어일 뿐이었다. 이타인들의 구역, 내게 각인된 건 그뿐이었다.

오르막길을 걸은 지 20분 정도가 지나자 목적지가 나왔다. 서영의 집이 속해 있는 건물은 낡아 보이긴 했지만 대신 높은 위치 덕분에 방금 지나온 길이 훤히 보였다. 전망이 좋은 집이었다. 붉은 벽돌로 된 3층짜리 건물 1층엔 식당이 입점해 있었다.

나는 식당 앞으로 걸어가 흰색 바탕에 초록색 글씨로 '복희식당'이라고 쓰여 있는 간판을 가만히 올려다봤다. 한 번도 수리하거나 청소하지 않고 처음 걸어 놓은 그대로 사용한 듯 간판의 네 귀퉁이는 찌그러져 있었고 글자들의 색은 바래 있었다. 조명 설비가 따로 없어서 날이 저물면 간판으로서의 최소한의 역할도 하지 못하리란 걸 알 수 있었다. 설핏 안을 살펴보니 손님은 한 명도 없었고, 다만 식당 주인으로 짐작되는 노파만이 빈 테이블에 앉아 뒷면이 튀어나온 구식 텔레비전을 올려다보고 있을 뿐이었다.

나는 노파를 발견한 순간부터 그녀에게서 시선을 뗄 수 없었다. 서영이 이메일에 썼던, 입양 보낼 아이를 잠시 맡아 키운 적 있다는 그 노파일 터였다. 공항에서 서영은 노파의 식당을 찾던 아동복지회 직원에게 길을 안내해 주면서 노파에게 그런 사연이 있다는 걸 알게 되긴 했지만, 노파와 그 이야기를 나눠 본 적은 없다고 했다. 내 인터뷰 기사를 읽었을 무렵 노파에게 그 아이에 대해 물었을 때 노파는 돌연 차가워진 얼굴로 남의 뒤를 캐지 말라며 불쾌히 반응했고, 그날 이후 서영도 다시는 노파의 식당에서 밥을 먹지 않았다.

지금 식당 안 노파는 입을 반쯤 벌린 채였고, 티셔츠 위로 덧입은 꽃무늬 앞치마는 후줄근해 보였다. 파리 한 마리가 요란한 소리를 내며 주위를 맴도는데도 노파는 거푸집으로 찍어 낸 조각상처럼 꿈쩍도 하지 않았다. 내가 가장 두려워하는 노년의 모습이 거기 있었다. 관성이 되어 버린 외로움과 세상을 향한 차가운 분노, 그런 것을 꾸부정하게 굽은 몸과 탁한 빛의 얼굴에 고스란히 담고 있는 모습. 나는 얼른 고개를 돌렸다. 타인을 보며 세상으로부터 버려지는 나의 미래를 연상하고 싶지는 않았다. 복희는 노파의 이름일까. 아마. 외롭고 뚱뚱한 노파가 거주하는, 간판에 기록된 이름. 나는 운동화 끝으로 바닥을 툭툭 치며 그렇게 속으로 되뇌었다.

*

　서영의 자취 집이 있는 3층으로 가려면 대문 역할을 하는 쇠창살 형태의 작은 쪽문과 건물 외부에 설치된 계단을 이용해야 했다. 계단의 폭이 좁아서 서영과 소율, 그리고 나는 일렬로 계단을 올랐다. 난간이 있긴 하지만 어두울 땐 각별히 조심해야겠다고 생각했다. 14주, 우주의 신체는 이미 완성되었겠지만 그 뼈는 무를 것이고 피는 충분히 진하지 않을 것이다. 장기는 허약할 테고 피부는 얇은 점막에 불과하리라. 아직 단단하게 굳지 않은 진흙덩어리와 다를 것 없는 우주는 절대적으로 보호받아야 하고, 그 보호자는 나뿐이었다.

　스물일곱 개의 계단을 밟으니 3층이었다. 서영의 집으로 들어가려면 두 개의 현관문을 통과해야 했고, 따라서 전자키의 비밀번호도 두 개를 외우고 있어야 했다. 바깥 현관문은 두 가구가 공통으로 쓰는 것이었고 그 안쪽 오른편 현관문이 서영의 집과 연결됐다. 서영이 몸을 외로 튼 채 전자키의 뚜껑을 열고 네 자리 숫자로 구성된 비밀번호를 꾹꾹 누르는 모습을 나는 곁에서 유심히 지켜봤다.

　마침내 안쪽 현관문이 열린 순간, 정령이 사는 곳처럼 아담한 공간이 나타났다. 원래는 원룸이었는데 미닫이문을 설치하여 거실과 방을 구분했다고 서영이 말했다. 신발을 벗고 안으로 들어가 짐을 내려놓자, 서영이 곧바로 내 손을 잡아끌었다. 서영은 주방과 화장실을 돌면서 각종 식기도구와 양념통의 위치, 커피메이커와 토스터기와 세탁기의 사용법, 샤워기의 수압과 온수를 조절하는 방법 등을 쉬지 않고 설명했고, 그 뒤엔 미닫이문 안쪽 방으로 나를 안내했다. 침대 트레이가 없는 매트리스와 짙은 갈색의 옷장, 책장과 책상, 그리고 액자와 시계와 몇 개의 장식품이 차례로 눈에 들어왔다. 햇빛이 잘 들어오는 창문, 미색의 광목천으로 만들어진 블라인드, 형광등과 스탠드 조명도 나는 부지런히 눈에 담았다.

집 소개가 모두 끝난 뒤에야 나는 내내 궁금해하던 것을 물을 수밖에 없었다.

"그럼, 서영은 이제 어디에서 자요?"

그렇게 약속이 된 것이다. 영화를 찍는 두 달여 동안 서영이 자신의 자취 집을 내게 무료로 제공하는 것……. 파리에서는 그 호의의 이면에 서영의 불편이 전제되어 있다는 것을 미처 생각하지 못했다.

서영은 걱정하지 말라고, 서울엔 비교적 저렴한 가격에 숙박을 해결할 수 있는 찜질방이 수두룩한 데다 소율을 비롯해서 자취하는 친구들이 여럿 있으니 그들의 집을 한 번씩만 돌아도 열흘은 채울 수 있다고 말했다. 정말 갈 곳이 없을 땐 남자 친구의 방에서 신세를 지면 된다고, 그것이 자신의 마지막

보루라고, 남자 친구가 부모의 집에 얹혀사는 형편이어서 몰래 드나들 수밖에 없긴 하지만 경험이 없지는 않다고 말하면서는 환하게 웃어 보이기도 했다. 마침 거실과 연결된 주방 쪽에서 허기를 일깨우는 냄새가 흘러들어와 서영과 나는 동시에 뒤를 돌아봤다. 소율이 분주히 토스트와 스크램블드 에그, 커피를 준비하고 있었다. 이미 여러 번 서영의 집에서 요리를 해봤는지 소율의 손길은 빠르고 자연스러웠다.

거실에 놓인 테이블에 마주앉아 늦은 아침을 먹자마자 서영과 소율은 바로 자리에서 일어났다. 첫 촬영은 이틀 후이니 오늘은 그저 푹 쉬라고, 시차를 이겨 내려면 무조건 자야 한다고 그들은 말했다. 현관문을 나서기 전, 서영이 종이 한 장을 내게 건넸다. 집 주변의 마트와 세탁소, 그리고 그녀가 자주 가는 식당이 표시된 약도였다. 약도 위에는 현관문의 비밀번호가 큼직하게 적혀 있었다.

*

지독한 통증이었다.

허리와 배는 갈가리 찢어지는 것 같았고 허벅지 안쪽은 타들어가듯 뜨겁게 아팠다. 주위엔 아무도 없었다. 어둠 속 덩

그러니 놓인 철제 침대에 나는 혼자 누워 있었다. 힘을 줘, 더, 더. 어둠 저편에서 기계장치로 변조한 것 같은 중성적인 목소리가 들려왔다. 내가 기댈 것은 그 목소리뿐이었다. 목과 손등에 푸른 심줄이 돋아나도록 몇 번에 걸쳐 머리끝부터 발끝까지 있는 힘껏 몸을 뒤틀자, 어느 순간 아기 울음소리가 들리면서 밑이 허전해졌다. 우주구나. 통증으로 혼몽한 가운데도 나는 생각했고 곧이어 희미하게 웃었다. 마침 어둠 속에서 창백한 두 손이 불쑥 튀어나오더니 내 옆에 돌돌 만 담요를 놓아주었다. 나는 땀으로 얼굴에 착 달라붙은 머리카락을 손등으로 대충 넘긴 뒤 담요 안으로 손가락을 집어넣어 조심스럽게 틈새를 벌렸다.

담요 안은 비어 있었다.

그 순간 용수철처럼 벌떡 침대에서 일어나 몇 겹으로 포개진 담요를 미친 듯이 풀어헤쳤지만 우주는 그 안에 없었다. 극도의 상실감은 핏속과 내장이 결빙되는 것 같은 추위로 이어졌다. 이가 딱딱 맞부딪혔고 살갗이 쓰렸다. 우주를 지키지 못했다는 것, 그리고 내가 다시 혼자가 되었다는 것, 내게 던져진 현실은 그것이었다. 나는 더 이상 참지 못하고 목을 길게 빼고 울었다. 입을 크게 벌린 채 어깨를 격렬하게 떨며 그 어느 때보다 비참한 마음으로 울고, 또 울었다.

가까스로 꿈에서 깬 뒤에도 여전히 추웠고 오한이라도 든 것처럼 몸이 미세하게 떨렸다. 나는 발치에 밀려난 이불을 끌어와 목까지 감쌌다. 꽤 긴 시간을 잤는지 방에는 어둠이 손님인 양 와 있었다. 내가 지금 파리가 아니라 서울에 있다는 사실이 천천히 상기되었다. 나의 고향, 나의 친정, 그러나 지금은 나쁜 꿈을 꾸었을 뿐이라고 위로해 줄 사람이 단 한 명도 없는 곳……. 나는 반사적으로 배 위에 두 손을 얹었다. 이 아연한 공포의 순간, 우주만이 실질적인 위로였다.

*

우주.

어둠 속에서 가만히 우주를 부른 순간, 또다시 그녀가 생각났다. 아는 거라곤 나를 근거로 한 한정된 정보, 그러니까 40여 년 전에 내가 그녀의 몸에서 났다는 것과 적어도 3~4년 동안은 그녀의 보호를 받았다는 것이 전부인 그녀가……. 물론 유추할 수 있는 정보가 더 있긴 했다. 그녀는 내 존재를 세상에 알리지 않았으므로 출산을 비밀에 부쳤을 가능성이 높고, 그랬다면 환자의 신상 정보를 공개할 필요가 없는 무허가 병원에서 나를 낳았을 수도 있다. 그녀에게는 따로 가족이 없었을 테니 나를 돌보는 일은 아마도 그녀 혼자 도맡아 했을 터이다.

그건, 육아와 관련된 지루한 노동을 수년 동안 하루도 빠짐없이 감당했다는 의미이기도 하다.

순하고 앳된 외모의 여자를 상상하곤 했다.

고립되고 밀폐된 방에서 말도 통하지 않는 아기에게 젖을 물리거나 이유식을 먹이고 따뜻한 물로 씻기고 기저귀를 갈아 주고 손톱과 발톱을 깎아 주고 트림을 하도록 등을 두드려 주고 잠들 때까지 배를 만져 주는 일을 반복했다는 건 선한 인내가 전제되어야 가능할 것이다. 죄에 대해 생각해 본 적조차 없을 것 같은 여자, 아기를 안은 채 습관처럼 기도를 하는 무구한 인상의 여자가 상상하기 편했다.

그러나 죄를 모른다는 건, 그 순진함 때문에 언제라도 더 큰 악으로 변질될 수 있다는 의미이기도 하다. 그녀는 나를 낳아 키웠지만, 동시에 철로에 버린 사람이었다. 자신의 딸이 죽든 말든 상관없다는 무심한 악이 철로라는 공간에는 함의되어 있는 것이다. 무지해서 더 무서운 여자, 밤이 되면 우는 아기를 방에 가두고 거리로 나가는 여자, 내가 태어나기 이전과 그 이후에도 부주의하게 임신을 반복하고 여러 번에 걸쳐 낙태를 하고 낙태가 실패하면 태어난 아기를 마음 내키는 곳에 유기했을 여자, 그러니까 누구라도 돈을 지불하면 살 수 있는 여자, 타인에게서 인간다운 존중을 받아 본 적이 없는 여자…….

대학에 다닐 때 교내 심리 상담소를 방문한 적이 있었다. 문주로 살았던 시절은 조각난 상태로나마 비교적 감각적으로 기억이 나는데 어째서 그 이전의 시간은 망각 속에 묻힌 것인지 늘 궁금했다. 그러니까 내 삶에서 철로가 망각과 기억을 가르는 절제선이 된 이유를 나는 알고 싶었다. 그때 상담사는 성인의 첫 기억은 일반적으로 세 살 무렵에 시작되므로, 내가 철로에서 발견된 시점이 생후 3년 정도라면 생모와 살던 시절을 기억하지 못하는 건 의학적으로 보편적인 현상이라고 말했다. 다만 철로에서 발견되기 이전과 그 이후가 그토록 뚜렷하게 나뉘어 한쪽만 완전히 망각되어 버린 것은 내 의지가 개입되었기 때문일 거라고 진단했다. 오랫동안 내 무의식이 생모와 살던 시절에 의도적으로 접근하려 하지 않았고, 그래서 그때의 기억이 까만 봉지 같은 것에 봉합되어 버렸다는 게 상담사의 진단이었다.

"물론 트라우마 때문이겠죠. 철로에서 기차가 자신에게 달려오는 걸 보며 당신은 정신적으로 외상을 입었을 거예요. 물론 생모와 살 때 이미 트라우마가 형성됐을 가능성도 있어요. 도저히 받아들이기 힘든 장면을 목격했거나, 학대를 받았거나."

조심스러운 예의보다는 정확한 정보 제공이 우선이라고 생각했는지 상담사는 정제되지 않은 언어로 진단을 이어 갔다. 어느 순간 상담사의 말이 더 이상 귀에 들어오지 않았다. 결국 나는 상담사의 말이 끝나기도 전에 자리에서 벌떡 일어나 인사도 없이 그곳을 나왔다. 처음이자 마지막 심리 상담이었다.

*

한참 후에야 매트리스에서 일어나 형광등 스위치를 눌렀지만 형광등은 켜지지 않았다. 커튼을 젖히고 밖을 보니 근처 건물들의 창문이 모두 어두웠다. 휴대폰 액정에서 흘러나오는 조명에 의지하여 양초를 찾다가 이내 포기했다. 서영의 집은 작았고, 먹고 자고 씻고 배설하는 데 필요한 사물만으로도 비좁았다. 양초처럼 비상시를 위한 사물이 있을 것 같지는 않았다.

일단 외출을 해야 한다는 생각에 지갑과 열쇠, 그리고 서영이 그려 준 약도를 챙겼다. 점심도 거른 채 밤까지 잠을 자서인지 허기졌고 더 이상 어둠을 견딜 자신이 없기도 했다. 현관문의 손잡이를 잡은 순간, 이 문을 열면 암흑뿐인 낭떠러지로 떨어질 것만 같다는 뜻밖의 공포가 밀려왔다. 낯설지는 않았다. 돌이켜 보면 35년 전에 이미 밟았던 절차였다. 앙리와 리사의 집에 도착한 첫날에도 나는 악몽을 꿨고, 악몽에서 깬 뒤엔 심한 요의에 시달리면서도 지금처럼 낭떠러지를 상상하며 방문을 열어 보지 못했던 것이다. 지나가야 하는 것, 지나가면 아무것도 아닌 것, 되뇌며 나는 깊이 숨을 들이마신 뒤 천천히 손잡이를 돌렸다. 문이 열렸을 때, 그리고 그곳엔 당연히 낭떠러지가 아니라 계단이 있었다. 멀리 보이는 오르막길 아래로는 불빛이 가득했고 조명을 밝힌 남산 타워도 한눈에 들어왔다. 정전은 높은 지대의 집들에만 찾아온, 일종의 가난한 천사인 모양이라고 나는 생각했다.

손으로 난간을 확인하며 조심스럽게 스물일곱 개의 계단을 밟았다. 쪽문을 열고 나와 복희 식당 앞을 지나가는데 식당 유리문에 어른거리는 희미한 빛이 눈길을 끌었다. 식당엔 여전히 손님이 없었다. 낮에 보았던 그 노파는 타오르는 양초 앞에 앉아 있었고, 벽에 일렁이는 노파의 큰 그림자는 그런 노파를 근심 어린 자세로 내려다보고 있었다. 낮에 서영은, 자신이 이곳에 이사 올 무렵에 복희 식당도 개업을 했는데 그때부터 지금까지 식당이 손님으로 북적이는 걸 본 적이 없다고 말했었다. 식당이 그리 위생적으로 보이지 않는 데다 음식이 대체로 짜서이기도 했지만, 그보다는 장사를 하기에는 지나치게 뚱한 노파의 성격 탓일 거라고 서영은 추측했다. 실제로 노파는 손님이 들어오고 나갈 때 살갑게 인사를 해 주는 법이 없었고 동네 사람들과 돈독한 유대를 맺으며 지내지도 않았다. 오히려 늘 혼자 다녔고 활기 없이 멍하게 빈 식당을 지키는 모습이 자주 목격되곤 했다. 복희 식당에는 단골이 거의 없을 거라고,

서영도 관계가 틀어지기 전까지만 같은 건물에 산다는 명목으로 한 달에 한두 번씩 복희 식당을 이용했을 뿐이라고 말했다.

서영의 말을 선명히 기억하면서도 어느새 나는 복희 식당 유리문 앞으로 천천히 걸어가고 있었다. 촛불 때문이었을 것이다. 촛불은 마치 플래시백을 위한 소품인 양 크고 작은 빛으로 조금씩 번져 가더니 이내 내 기억의 한 부분을 환하게 밝히기 시작했다.

빛, 빛들, 그건 케이크에 꽂혀 있던 여러 개의 촛불이었다. 누군가 그 케이크를 들고 어둑한 병실 안으로 들어서자 두셋씩 모여 맥주나 와인을 마시고 있던 사람들이 일제히 그쪽을 바라봤다. 앙리가 쉰여덟 살이 되는 날이었고, 동시에 더 이상의 치료를 포기한 채 퇴원을 하루 앞둔 날이기도 했다. 침대에 비스듬히 누워, 곁에 앉아 있던 내게 찍고 싶었으나 찍지 못한 자신의 마지막 영화를 길게 설명하던 앙리가 리사를 찾기 시작했다. 부축을 받기에는 딸보다 아내가 편했을 것이다. 조금 전까지 초대받지 않은 손님인 양 병실 구석에 홀로 어색하게 서 있던 리사가 빠른 걸음으로 다가오더니 앙리를 케이크 앞까지 데려갔다. 무명의 영화감독과 단역배우, 아직은 그 능력을 인정받지 못한 촬영 스태프들이 대부분이었던 앙리의 친구들이 케이크를 중심으로 둥글게 모여들었다. 풍선이 날아다녔고, 누군가 앙리의 민머리에 고깔모자를 씌워 준 순간엔 여기저기서 폭소가 터지기도 했지만 영원한 이별을 전제한 마지막 생일 파티의 침울한 분위기는 완전히 소거될 수 없었다. 휴대폰과 디지털카메라의 기계음, 박수 소리, 은근슬쩍 시작된 생일 축하 노래와 노랫소리 사이로 끼어드는 훌쩍임, 앙리는 평온한 얼굴로 그 모든 소리를 듣다가 야윈 양쪽 뺨이 홀쭉해질 때까지 숨을 들이마신 뒤 이내 후우 하고 내뱉었다. 촛불이 모두 꺼졌다.

내가 기억하는, 앙리의 마지막 모습이었다.

나는 충동적으로 복희 식당 문을 열었다. 커다란 그림자의 보호를 받으며 일렁이는 촛불 앞에서 따뜻한 음식을 먹고 싶다는 생각뿐이었다. 짤랑 하는 방울 소리에 노파가 뒤를 돌아봤다.

4

앙리가 처음으로 극장에서 영화를 본 건 열두 살 생일 때였다. 영화 티켓은 그의 어머니가 마련한 생일 선물이었다고 들었다. 어머니와 여동생은 극장 로비에 남았고, 앙리는 어머니에게서 받은 티켓을 손에 꼭 쥔 채 혼자 계단을 올랐다. 극장 문을 열기 전까지 앙리는 여러 번에 걸쳐 뒤를 돌아보았을 것이다.

그날 앙리는 영화라는 신세계에 숨이 막히도록 압도되었다. 영화의 내용에 매혹된 건 아니었다. 실제로 열두 살의 그는 그날 본 미국 서부영화의 줄거리나 인물의 관계를 제대로 파악하지도 못했다. 스크린에 영사되는 빛의 움직임과는 상관없이 배우가 스크린의 바깥으로 사라지는 단절의 순간에 그의 심장은 뛰었다. 그는, 혹은 그녀는 어디로 갔는가. 대체 어디에서 시나리오에는 없는 미정(未定)의 삶을 살고 있는 것인가. 영화를 보는 내내 앙리는 스크린의 바깥에서 작동하고 있을 또 다른 이야기에 마음이 뺏겨 있었다. 스크린과 평행을 이루며 존재하지만 증명되지는 않는 상상의 영역, 카메라의 욕망이 은닉된 공간이자 영원히 미완으로 남는 곳, 마치 선택되지 못한 우리의 가능한 또 다른 생애처럼…… 극장을 나왔을 때, 앙리는 이제 영화를 모르던 시절로는 되돌아갈 수 없다는 걸 깨달았다.

순탄하지는 않았다. 아니, 그는 절대적으로 불운했다. 그의 어머니는 터키 태생의 이민자였고 동생이 태어나자마자 집을 나간 프랑스인 아버지는 양육비를 보내온 적이 한 번도 없었다. 앙리는 사춘기 무렵부터 어머니와 함께 생계를 책임져야 했으므로 대학에 진학하여 영화를 공부하고 싶다는 열망은 가슴속에 묻어 두어야 했다. 대신 식당과 세탁소와 공공기관의 화장실을 돌며 일하는 틈틈이 영화 이론서를 읽었고, 주말엔 혼자 극장에 가서 두세 편씩 영화를 관람했다.

세월이 흘러 어머니가 재혼을 하고 여동생이 성인이 된 뒤에야 앙리는 간소하게 짐을 챙겨 파리로 갔다. 오래된 계획이었다. 20대 중반이었던 그는 싸구려 게스트 하우스에서 숙식하며 모아 놓은 돈으로 사설 영화 아카데미에 다녔는데, 그때 만난 사람들은 앙리에게 평생의 친구이자 작업 파트너가 되어 주었다. 앙리는 그들과 영화제작 공동체를 이루어 감독과 스태프와 배우의 역할을 바꿔 가며 실험적인 독립 영화를 찍었다. 찍고, 또 찍었다. 파리에서도 식당과 세탁소와 화장실을 돌며 계속해서 일을 하긴 했지만 영화를 찍을 때마다 돈이 필요했으므로 앙리는 여전히 가난했다. 아니, 그 어느 때보다 가난했다. 그러나 가난은 그에게 절망을 안기지 않았다. 인색한 기회와 질리도록 따라붙는 불운에 비한다면 가난은 정말이지 아무것도 아니었다. 그의 영화는 한 편도 극장에 걸리지 못했고 영화제에 초대된 적이 없으며, 수없이 고쳐서 완성한 시나리오는 투자자들의 관심을 끌지 못했다. 딱 한 번, 유명 배우가 앙리의 영화에 출연한다는 소식에 투자를 받은 적도 있었지만 나중에 그 배우가 결정을 번복하면서 투자금이 회수되는 아픔을 겪기도 했다. 파리에 온 뒤로, 앙리는 내내 그렇게 살았다.

여기까지 들었다.

내가 고등학교를 졸업하고 대학 기숙사로 거처를 옮기던 날, 그러니까 앙리와 리사에게서 독립하던 날, 앙리가 내 방의 이삿짐 상자들 사이에 앉아 들려준 이야기였다. 실패와 절망의 롤러코스터와 다를 것 없던 앙리의 삶, 아무도 보상해 주지 않았고 아무것도 보상이 될 수 없는 내 아버지의 삶, 오직 그의 삶, 생각하며 굳은 얼굴로 묵묵히 짐을 싸고 있는데 나나,

앙리가 나직한 목소리로 나를 불렀다. 고개를 들자 나나, 그것
이 인생이야, 앙리는 뒤이어 말했다. 암세포는 아직 발견조차
되지 않았던 40대 중반의 젊은 앙리는 이내 아주 엷은 미소를
지어 보였는데, 그날 나는 끝내 그를 따라 웃지 못했다.

*

앙리는 몰랐겠지만, 그날 이후 내게도 스크린의 바깥을 상
상하는 습관이 생겼다. 내가 바라보는 스크린엔 영화가 아니
라 내 삶이 투사된다는 차이가 있긴 했지만, 어쨌든 나는 앙리
의 영화 유전자를 물려받은 셈이다.

스크린의 바깥, 그러니까 내 삶의 바깥엔 문주가 있었다. 프
랑스로 떠난 나와 달리 한국에 남은 문주가 한국에서 살며 나
와 같은 속도로 나이를 먹어 왔을 거라고 가정하면 평행하는
두 개의 삶이 불가능할 것도 없었다. 특별한 날, 기분이 좋은
날, 기분 좋은 상태를 의심하다가 결국 비참한 기억에까지 가
닿는 날, 아무런 근거나 맥락도 없이 주변의 모든 사람들로부
터 버림을 받으리란 예감이 드는 날, 나는 비상약을 찾듯 스크
린의 바깥에 있는 문주를 소환하곤 했다. 문주를 상상하는 게
나는 좋았다. 아니, 상상할 수밖에 없었으므로 나는 상상했다.

문주의 성장 과정과 직업의 종류, 사랑을 처음 시작한 시점과 연애의 횟수, 결혼과 출산의 유무는 상상할 때마다 바뀌긴 했지만 그래도 나는 문주에 대해 많은 것을 확신할 수 있었다. 정면이 아니라 바닥을 보며 걷는 것에 익숙하다는 것, 물건을 잘 버리지 못하는 습관 때문에 집은 녹슨 반지나 부러진 안경처럼 쓸모없는 사물들로 늘 어질러져 있으리란 것, 활자 중독이 있어서 책을 읽지 않고 지나가는 날이 거의 없으며 책이 없을 땐 전단지나 식료품 포장지 뒷면의 레시피라도 읽어야 마음이 놓인다는 것도. 문주와 나의 공통점이라면 그 외에도 끊임없이 나열할 수 있었다. 문주 역시 공복에 찬물을 마시면 하루 종일 배앓이를 할 것이고 참치나 청어, 고등어 같은 등 푸른 생선을 먹은 날엔 턱과 목에 두드러기가 날 터였다. 끝으로 갈수록 고음이 되는 웃음소리, 둥글고 작아지는 절망의 자세, 아무리 친밀한 사람이 생겨도 미리 관계의 끝을 상정하는 작은 마음도 모두 문주의 일부일 터였다.

　때때로 문주는 차가운 침묵 속에서 하염없이 걸었다. 기차 바퀴 소리가 이명처럼 귓가를 에워싸는 순간이면 문주도 나처럼 맹목적으로 걷는 수밖에 없는 것이다. 그럴 때면 문주의 주변은 철로가 있는 풍경으로 바뀌곤 했다. 아니, 생성되는 풍경이었다. 철로 밑으로 자갈이 깔렸고 그 옆에선 풀이 자랐으며 바람이 불어와 그 풀잎을 헝클었다. 걷는 동안 문주는 절대로 뒤를 돌아보지 않았으므로 나 역시 그녀를 돌려세우기 위해 굳이 애쓰지 않았다. 하긴, 그녀의 얼굴은 이미 본 것이나 마찬가지였다. 내 삶의 바깥에 던져진 문주는 또 다른 나였으므로, 그 표정과 눈빛은 나의 것이기도 했다.

*

철로……,

상상 속 문주가 하염없이 걷곤 했던 흐릿한 철로는 이제 내 눈앞에서 형체가 분명한 실재가 되어 있었다. 영화의 오프닝 신을 촬영하는 날이자 내가 한국에 온 지 3일째가 되는 날, 나는 청량리역 플랫폼에 서 있게 된 것이다. 이상해. 나는 혼잣말로 중얼거렸다. 이상하긴 했다. 한 줌의 희미한 기억을 토대로 머릿속에서 재구성되곤 했던 청량리역 철로는 낡고 황량한 플랫폼에서 시작되어 끝없이 이어지던 하나의 긴 선에 불과했지만, 막상 마주한 플랫폼은 현대적이고 번잡했다. 게다가 도착지에 따라 여러 개로 나뉜 플랫폼 양쪽으로는 철로가 두 개씩 딸려 있어서 하나의 긴 선 같은 건 어디에도 없었다. 떠올릴 때마다 변형되던 플랫폼과 철로가 고정된 구조물로 현전한다는 것이, 체온과 표정과 목소리를 갖고 있는 사람들이 바쁘게 오가는 현실의 공간이라는 것이 오히려 꿈속의 장면 같기만 했다. 꿈이라면, 소리로 기억될 꿈일 터였다. 커졌다가 작아지길 반복하는 발소리와 캐리어 가방의 바퀴소리, 기차 번호와 목적지와 발착 시간을 알리는 안내 방송이 철로 주변의 허공을 공백 없이 메우고 있었다.

뚫어지게 철로를 건너다보다 한 발 한 발 앞을 향해 걷기 시작했다. 금세 구두가 노란색 안전선을 넘으면서 발바닥의 절반 이상이 플랫폼 밖으로 밀려 나갔다. 언뜻 뒤를 돌아보니 서영과 소율은 스크립트를 보며 이야기를 나누고 있었고, 얼마 전 제대했다는 서영의 동갑내기 남자 친구 ── 서영의 말대로 그는 후줄근한 트레이닝복을 입고 지하철역에 나타났는데, 그의 이름이 은이라고 했다. ── 는 조명판을 옆에 세워 둔 채 글자와 숫자가 계속해서 바뀌는 전광판을 물끄러미 올려다보고 있었다.

나는 주저 없이 플랫폼 아래로 내려가 철로 한가운데에 섰다. 이제 플랫폼은 무릎 높이에 있었다. 플랫폼을 오가던 사람들이 철로에 서 있는 나를 의아한 눈길로 쳐다봤고 누군가는 깜짝 놀란 채 걸음을 멈추기도 했다. 주변의 웅성임에 그제야 상황을 파악한 서영과 소율, 그리고 은이 허둥대며 내게로 다가왔다. 그들을 바라보며 나는 그때껏 옆구리에 끼워 둔 마분지를 펼쳤다. 미색의 마분지에는 삐뚤삐뚤한 내 필체로 '문주'

라고 적혀 있었다. 그건, 어제저녁 서영의 집에서 서영과 함께 만든 일종의 촬영 소품이었다. 괜찮아. 나는 다음 기차의 도착 시간을 알리는 전광판을 가리키며 그들에게 말했다.

"괜찮으니 지금 찍어요, 어서."

가장 먼저 움직인 사람은 소율이었다. 소율이 긴 막대 모양의 마이크를 내 쪽으로 기울이자, 어리둥절한 얼굴로 전광판과 나를 번갈아 보던 서영이 이내 무언가를 감지한 듯 카메라를 들고 철로로 내려와 촬영을 시작했다. 촬영이고 뭐고 어서 올라오라고 다그치던 은은 지체할수록 위험하다는 서영의 말에 그제야 몇 걸음 뒤로 물러나 조명판을 들어올렸다. 그들도 모를 수 없을 터였다, 먼지처럼 살아온 떠돌이에게는 플랫폼보다는 안정성이 보장되지 않는 철로가 더 어울린다는 걸. 게다가 그 떠돌이에게 철로는 정체성을 대변하는 공간이기도 했다.

철로를 지나가는 여름 바람에서 떫은 풀 냄새가 났다.

*

첫 촬영은 무사히 끝났지만 플랫폼을 빠져나올 때까지 아무도 웃지 않았다. 역무원의 제재를 받기 전에 촬영이 끝나서 다행이라고 서영이 말한 순간, 현장의 위험 요소를 통제하지 않는 것은 감독이 범하는 가장 큰 실책이며 때로는 범죄가 될 수도 있다고 은이 버럭 화를 냈기 때문이다. 서영은 화를 내는 은에게 더 화를 냈고, 소율은 피로한 듯 입을 굳게 다물었다. 내가 버려지고 발견된 곳은 플랫폼이 아니라 철로였으므로 그 순간 철로로 내려갈 수밖에 없었지만 상의 없는 돌발적인 행동이 옳다고 할 수는 없을 것이다. 흩어져 앞서 가는 서영과 은을 불러 세워 옳지 않았어요, 사과한 뒤 내 행동의 이유를 설명하자 그들은 똑같은 표정으로 동시에 나를 바라봤다. 그 표정의 의미는 당혹스러움과 미안함, 그 중간에 있는 감정인 듯했다.

다정했던 분위기가 완전히 복구된 건 아니지만 점심은 함께 먹어야 했다. 촬영 날에는 배우와 스태프에게 밥을 사는 것이 감독인 서영의 원칙이었던 것이다. 청량리역 근처에 있는 작은 식당에서 우동과 김밥으로 점심을 해결하자마자 소율은 극장에서 티케팅 아르바이트가 있다며 급하게 버스를 타러 갔다. 은과 나는 소율이 빌려온 마이크와 녹음기를 하나씩 손에 들고 서영을 따라 지하철에 올랐다. 카메라를 제외한 촬영 장비는 충무로에 있는 영화인 조합에서 빌리는데, 대여 시간이 길어질수록 비용도 늘기 때문에 최대한 빨리 반납하는 게 옳다고 은이 말했다.

"맞아, 예산을 낭비하는 건 옳지 않지."

은 곁에 서 있던 서영이 바로 대꾸했다. 그제야 나는 그들이 이미 화해했으며, 그들에게 '옳다'는 말이 나를 놀리는 하나의 장난스러운 코드가 되어 있다는 걸 눈치챘다. 자신이 빌린 조명판뿐 아니라 소율의 마이크까지 대신 반납하기로 한 은이 4호선 환승역에서 내리기 전, 반듯하게 접힌 냅킨 한 장을 내게 건넸다. 식당 상호가 찍힌 냅킨엔 한자 '銀'이 적혀 있었다. 한자의 뜻은 액세서리나 동전의 재료가 되는 백색의 광물, 그러니까 실버(silver)라고 그는 설명했다. 청량리역 근처에서 점심을 먹을 때 내가 그에게 은의 의미를 물었던 것이 기억났다. 나는 덜컹거리는 지하철 벽면에 등을 기댄 채 은에게서 받은 냅킨을 한참동안 들여다봤다.

서영과 나는 합정역에서 내렸다.

합정에는 서영의 직장이자 작업실 역할을 하는 커피숍이 있었다. 서영은 합정의 그 작은 커피숍에서 일주일에 3일 일했고, 일을 하지 않는 날에도 수시로 들러 시나리오를 쓰거나 스크립트를 작성한다고 했다. 어제저녁, 내가 마분지에 '문주'를 쓰는 동안 서영이 들려준 그녀의 일상이었다.

사전에 의하면, 합정엔 조개가 유독 많이 서식하던 큰 우물이 있었는데 조개를 의미하는 '합(蛤)'이 식민지 시대를 거치며 비교적 쉬운 한자인 합(合)으로 바뀌면서 지금의 합정(合井)이 된 거라고 했다. 한 가지 특이한 건, 생활용수를 얻기 위해서가 아니라 천주교 신자를 처형하는 칼을 갈고 씻기 위해서 인위적으로 판 우물이었다는 점이다. 조선이 끝나 갈 무렵엔 천주교를 믿는 것이 사형으로 다스려야 하는 중죄였던 모양이다. 커피숍으로 걸어가면서 나는 서영에게 어젯밤에 인터넷에서 찾은 이런 이야기를 전해 주었고, 서영은 합정에 순교자를 기리는 성당과 기념관이 있다는 건 알고 있었지만 그 이름의 유래는 자신도 처음 들어 본다고 대꾸했다. 하긴, 나도 파리에서는 행정 구역의 이름에 아무런 관심이 없었고 그런 것에 관심을 가질 수도 있다는 생각조차 해 본 적이 없었다. 혹시 그 큰 우물터가 합정에 남아 있다면 가 보고 싶다고 내가 말하자 서영은 그런 것이 남아 있을 리 없다고 대꾸했다. 서울처럼 땅값이 비싼 도시라면 벌써 흙으로 메운 뒤 그 위에 아파트나 빌딩을 지어 올렸을 거라고 그녀는 확신했다.

*

　커피숍에 도착하자 서영은 엎어져 있던 오픈 팻말을 세운 뒤 유리문의 잠금장치를 해제했다. 정식 개점 시간은 오전 10시지만 촬영 때문에 개점을 오후로 미루는 걸 커피숍 사장에게서 미리 허락을 받아 놓았다고 했다. 서영은 커피숍에 들어서자마자 커피콩을 나르고 과일을 씻으며 장사 준비를 했고, 나는 음료를 준비하는 공간과 니은자 모양으로 연결된 원목 바에 앉았다.

"한자를 모아 놓은 사전을 찾아보니 '문'에 해당하는 한자는 100자가 넘고 '주'는 200자가 넘더라고요. 그러니 문과 주가 조합될 가능성은 2만 개 이상인 거죠. 물론 메추라기 새끼를 뜻하는 문(鴍)이라든지 소가 헐떡이는 소리를 의미하는 주(犫)처럼 잘 쓰지 않는 한자를 빼면 경우의 수는 확 줄긴 하지만요."

서영이 니은자 모양의 바 너머에서 컵과 스푼과 접시를 닦으며 설명하는 동안 문주, 문주, 문주, 나는 바의 상판 위에 손가락으로 쓰고 또 썼다. 머릿속에선 2만 개의 각기 다른 모양의 집들이 만들어졌다가 무너지길 반복하는 중이었다. 서영에게 아무래도 먼지가 맞는 것 같다고 어렵게 말을 꺼내자 서영이 아무것도 기억하지 못한다는 듯 무심한 말투로 먼지요? 하고 되물었다.

"아, 사전에 나온 문주의 두 번째 뜻이요? 사전에 그렇게 나왔다는 거지, 사람 이름에 먼지를 갖다 붙이는 건 상식적이지 않죠."

말하며, 서영은 영화의 두 번째 신에 해당하는 스크립트와 함께 내가 부탁한 차가운 레몬차 한 잔을 바 위에 올려놓았다.

나는 서영의 말에 동의도 반박도 하지 않은 채 스크립트만 들여다봤다. 이틀 뒤엔 내가 2년 가까이 위탁되었던 나사렛 고아원에 찾아가기로 서영과 약속이 되어 있었다. 예수가 어린 시절을 보낸 지명에서 이름을 딴 그 고아원은 여전히 운영되고 있었지만, 내가 그 고아원에 소속된 시절의 원장 수녀였던 베로니카는 더 이상 그곳에 남아 있지 않았다. 나사렛 고아원에는 이제 나를 기억할 사람이 없을 텐데도, 서영은 내게서 한국에 오겠다는 이메일을 받은 뒤부터 인천에 위치한 그 고아원과 꾸준히 접촉하였고 책임자에게 영화 촬영에 대한 허락까지 받아 놓았다고 했다. 고아원에 찾아가서 정면으로 부딪히면 베로니카 수녀와 접촉할 기회도 생길 거라고 서영은 기대하는 듯했다.

딸랑, 하는 소리와 함께 대학생으로 보이는 손님 두 명이 커피숍 안으로 문을 열고 들어왔다. 그들이 드립 커피 두 잔을 주문하자 서영은 갑자기 분주해졌다. 나는 스크립트와 가방을 챙겨 의자에서 일어났다. 서영에게 짧은 인사를 건네고 문 쪽으로 걸어가는데, 청량리역에서 그녀가 나를 따라 철로로 내려온 이유가 문득 궁금해졌다.

"아, 그 신은 배우의 시선과 같은 위치에서 찍어야 했거든요. 그때 배우가 보는 풍경이 저도 궁금하기도 했고요."

길고 우아한 주전자에 뜨거운 물을 붓고 있던 서영이 그렇게 대답했다. 마침 고개를 숙이고 있던 서영은 보지 못했겠지만 그때 나는 잠깐 웃었다. 아니, 웃었을 것이다. 커피숍 문을 열고 밖으로 나오자 시야가 닿는 모든 곳에서 여름 햇살이 넘실거리고 있었다. 작은 질그릇 안에 퍼지는 녹색의 잉크처럼 당분간 내 몸속으로 번져 들어오는 여름은 그 농도가 더더욱 짙어질 터였다. 그건, 우주의 뼈와 피, 장기와 피부가 열매처럼 익어 간다는 의미이기도 했다. 지나가는 택시를 잡아 뒷자리에 앉자마자 나른한 졸음이 밀려왔다.

5

택시에서 졸다가 어느 순간 눈을 뜨자 이미 서영의 집 근처였다. 과일 상점에서 복숭아를 조금 산 뒤 서영의 집 쪽으로 걷다 보니 식당 앞에 쭈그리고 앉아 있는 복희 — 이틀 전 정전의 밤에 복희 식당에서 밥을 먹은 뒤부터 내게 노파는 복희가 되어 있었다. — 의 둥글게 굽은 뒷모습이 보였다. 복희는 식당 주방과 연결된 호스에서 뿜어져 나오는 물로 부피가 큰 플라스틱 통과 쟁반, 접시 같은 걸 씻고 있었다. 복희에게 다가가 비닐봉지를 건네며 같이 먹고 싶어서 샀다고 말하자, 복희는 햇살 때문인지 나를 올려다보며 찡그리듯 웃었고 복숭아 하나하나를 물로 씻어 낸 뒤 정성스럽게 마른행주로 닦았다.

복희는 서영의 말과 달리 친절했고 호기심도 많았다. 정전의 밤, 촛불에 이끌려 식당 문을 열고 안으로 들어선 순간부터 복희는 내게 관심을 보였다. 맵지 않은 음식으로 아무 거나 요리해 달라고 주문하자 복희는 곧 맑은 탕을 끓여 가져왔고, 밥과 밑반찬을 테이블 위에 올려놓은 뒤엔 은근슬쩍 내 맞은편에 앉았다. 탕의 이름은 백순두부탕이라고 했다. 시차로 인한 피곤함 때문인지 누그러졌던 입덧 현상이 다시 나타나 당혹스러웠는데, 뜨거운 백순두부탕을 떠먹으니 속이 편해졌다. 복희가 요리한 음식이 내 몸에 맞는다는 증거였다. 맞은편의 복희는 컵에 물을 따라 주는가 하면, 반찬을 내 쪽으로 밀어 주기도 했고 내가 밥을 다 먹어 갈 즈음엔 밥 한 공기를 더 가져다주기도 했다. 눈이 마주칠 때마다 복희는 웃었다. 웃을 때 복희는 더 이상 외로움과 분노를 체득한 노년의 표본 같지는 않았지만, 대신 쓸쓸해 보였다. 끊임없이 내벽에 상처를 덧내며 시간과 함께 공처럼 굴려 왔을 어떤 마음이 인간의 얼굴로 빚어진다면 꼭 그녀처럼 보이지 않을까, 나는 생각했다. 문득 기관사의 어머니가 떠올랐다. 나를 흘겨보던 눈길, 내가 밥상 앞에 앉을 때마다 한 번씩 크게 내쉬던 한숨, 내 쪽을 흘끗거리며 기관사를 나무라던 목소리, 그러나…… 그러나 그녀는 저녁마다 나를 씻겨 주었고 자주 시장에 데려갔으며 동네 아이들이 내게 손가락질하며 거지라거나 고아라고 놀려 대면 어디서든 달려와 그들을 멀리 쫓아냈다. 그녀가 주먹으로 계속해서 코를 훔치며 내 머리칼을 땋아 주던 날도 기억의 프레임 안으로 들어왔다. 마당 한구석에서 내내 줄담배를 피우던 기관사가 이제 가자며 내 손을 잡자 그녀가 돌연 날 부둥켜안았다. 새 원피스가 그녀의 눈물로 젖어 갔으므로 그때 나는 다만 그것만을 염려했던 것 같다. 무조건 잘 살아, 잘 살아야 한다. 그녀가 울먹이며 말했다. 아직 이별의 의미를 몰랐으면서도 이제 다시는 그녀와 만나지 못하리란 건 그 순간 나는 분명하게 예감하고 있었다. 슬펐지만, 이상하게도 눈물은 나지 않았다.

그래서였을 것이다. 복희의 얼굴에 기관사의 어머니가 겹쳐졌기에, 게다가 복희 역시 기관사의 어머니처럼 타인의 아이를 보살핀 적이 있다는 걸 알고 있었으므로, 그 순간 나는 그토록 무모하게 솔직해질 수 있었을 것이다. 내 어눌한 말투 때문인지 머리를 긁적이며 혹시 외국에서 왔느냐고 조심스럽게 묻는 복희에게 나는 내가 살아온 과정을 스스럼없이 고백한 것이다. 그러니까 35년 전 프랑스로 입양된 내 이력과 그곳에서의 생활, 그리고 지금은 3층집에 사는 젊은 영화감독의 부탁으로 잠시 한국에 와 있는 사정 같은 것……. 비록 간략하게 요약된 정보에 지나지 않았지만 나를 잘 모르는 사람에게 그런 이야기를 충동적으로 털어놓은 건 처음 있는 일이었다.

"제일, 알아? 제일, 넘버 원! 내가 넘버 원 고맙고 미안한 사람, 그 사람이랑 닮았어. 눈매랑 입매가 특히……. 나, 깜짝 놀랐어."

내 고백을 모두 들은 복희가 말했다. 내가 외국에서 왔다는 걸 의식했는지 갑자기 아이에게 말하듯 말투를 바꾼 복희는 놀랐어, 라고 할 때는 눈을 동그랗게 뜨고 입을 크게 벌리는 표정 연기까지 해 보였다. 나는 웃을 수밖에 없었다. 복희가 웃는 나를 밤색 눈동자로 물끄러미 건너다봤다. 나를 향한 그녀의 호의를, 그 크기와 부피를 나는 손으로 잴 수도 있을 것 같았다. 그 호의는 그야 물론 복희가 키운 적 있는 아이에게서 왔을 터였다.

"복희의 뜻은 뭐예요?"

식당을 나서기 전, 밥값을 계산하며 나는 물었다. 한국에 온 뒤로 새롭게 만난 사람에게 이름의 의미를 묻는 건, 이제 일종의 통과의례 같은 행위가 되어 있었다.

"'복'도, '희'도, 모두 복이 있다는 뜻이야. 럭키라고, 알지?"

"그럼 복희는 럭키하고 또 럭키한 사람이네요?"

"그래, 맞아."

내가 알아들었다는 의미로 고개를 끄덕이자 복희가 내 손을 꼭 잡으며 또 와, 라고 말했다.

"뭐 먹고 싶은 거 있으면 언제라도 말해. 뭐든지, 다, 에브리, 에브리, 알았지?"

뭐든지, 다, 에브리, 에브리…… 럭키하고 또 럭키한 그녀가 선택한 단어들에는 체온이 있었고, 그제야 나는 내가 고향에 왔다는 걸 실감할 수 있었다. 이틀 전 밤, 서울에서의 첫날, 나는 그렇게 복희를 만났다.

*

식당 안 빈 테이블에 앉아 복희가 꼼꼼하게 씻은 복숭아 하나를 베어 먹고 있는데 복희야, 하고 부르는 목소리가 들려왔다. 복희 또래로 보이는 노파가 종이 상자와 빈병, 플라스틱이 헐겁게 쌓여 있는 수레를 끌면서 복희 쪽으로 느릿느릿 다가오고 있었다. 힘겹게 무릎을 펴고 일어난 복희가 그녀를 반겼고 두 사람은 곧 식당 차양 아래 나란히 앉았다. 두 사람의 키는 비슷했지만 노파가 워낙 깡마른 탓에 복희는 평소보다 더 살집이 있어 보였는데, 사뭇 다른 체형 때문인지 그 우정의 기원이 더더욱 궁금해지기도 했다. 복희가 앞치마에서 담뱃갑을 꺼내자 노파는 담배 한 대에 불을 붙여 뺨이 홀쭉해지도록 연기를 들이마셨고, 나는 절박하게 담배를 피우는 노파의 모습에서 좀처럼 시선을 뗄 수 없었다. 노파가 담배를 피우는 동안 복희는 마치 내가 무사한지 확인이라도 하듯 간간이 고개를 돌려 내 쪽을 보았고, 나와 눈이 마주치면 연하게 웃기도 했다. 노파가 담배를 다 피우자 복희는 노파에게 담뱃갑을 쥐어준 뒤 그늘에 쌓아 놓았던 반찬통 몇 개를 노파의 수레에 차곡차곡 얹었다.

노파가 다시 수레를 끌며 돌아가고 나서야 복희는 물기가 남은 통이며 쟁반을 챙겨 식당으로 들어왔다. 내가 복숭아 하나를 건네자 복희는 이가 약해서 단단한 복숭아는 먹을 수 없다고 손을 내저으며 주방 쪽으로 성큼성큼 걸어갔다. 주방에서는 이내 달그락거리는 소리가 났다. 잠시 뒤 복희는 그릇 두 개를 가지고 주방에서 나왔는데 그릇 안에는 국수가 담겨 있었다. 이틀 사이 입덧 현상이 사라지면서 내게는 세상의 모든 음식에 대한 호기심과 경이감이 생겼고, 복희가 요리한 음식은 더더욱 내 입맛을 돋웠다. 동치미라는 김치 국물로 요리했다는 복희의 국수는 맑고 시원하고 짭조름했다. 서툰 젓가락질로 열심히 국수를 먹고 있는데 복희가 자기 몫의 국수를 내 그릇에 덜어 주며 체하면 안 되니 천천히 먹으라고 타이르듯 말했다. 왜였을까. 왜 대수롭지 않은 그 말에 그토록 목이 메었을까. 내가 기침을 하며 물을 마시자 왜, 국수가 입에 안 맞아? 복희가 물었다. 건너다본 복희의 눈빛은 나를 향한 거짓 없는 걱정을 담고 있었다. 그 순간 복희에게 예정에도 없이 그 음식을 설명하기 시작한 건 그만큼 복희가 가깝게 느껴져서였을까. 언제라도, 다, 에브리, 체온이 있던 그 단어들이 때마침 떠올라서일지도 모른다. 그리고 또 하나, 10년 가까이 식당을 운영해 온 복희라면 안에는 팥이 들어 있고 겉에는 설탕이 뿌려진 그 납작한 만두 모양의 자줏빛 음식을 알고 있을 거라는 현실적인 판단도 한몫했을 것이다.

내 설명을 들은 복희는 그림이 있으면 그대로 만들 수 있으니 다음에 그림을 그려서 가져와 보라고 대답했다. 복희도 모르는 음식인가. 하긴, 한국의 어느 식당에서도 아직 그 음식을 발견하지 못했다. 나는 다시 젓가락질을 시작했고 복희는 잠시 내 눈치를 살피는가 싶더니 이내 조심스러운 목소리로 물었다.

"혹시, 벨기에라는 나라에 가 봤어? 프랑스에서 왔댔잖아. 지도 보니까 벨기에랑 프랑스랑 붙어 있던데, 그럼 가 봤겠지, 그렇지?"

프랑스에서 독일이나 영국으로 갈 때 주로 벨기에에서 환승을 하는 저렴한 기차를 이용해 온 내게 벨기에는 커다란 대합실 같은 나라였다. 셀 수 없이 가 봤다고 대답하자 복희는 앞치마 주머니에서 사진 한 장을 꺼냈다. 필름 카메라로 찍어 암실에서 인화한 사진인 듯했다. 박물관에 전시되어 있어도 어색하지 않을 것 같은 낡고 오래된 그 사진을 내게 보여 주려고 복희는 미리 준비해 놓고 있었던 모양이다.

"여자아이네요."

사진 속 아이를 유심히 들여다보며 나는 말했다. 아마도 복희가 보살피던 아이일 텐데, 나와 넘버 원 닮았다고 하기엔 우리의 생김은 근원적으로 달랐다. 복희는 남다른 눈으로 나를 본 것인가, 나는 알 수 없었다.

"일곱 살 때 사진이야. 지금이야 어른 돼서 자기 일도 하고 결혼도 하고…… 아마 그렇게 살고 있겠지."

"……."

"그나저나 어때, 벨기에서 이렇게 생긴 아이 본 기억 없어? 비슷하게 생긴 애라도, 응?"

사진을 들여다보다 말고 나는 천천히 고개를 들었다. 처진 눈꺼풀 속 복희의 그 밤색 눈동자가 흔들리고 있었다. 그 순간 나는 감지했을 것이다, 복희와 사진 속 아이 사이에는 한시적인 위탁 관계를 뛰어넘는 이야기가 있으며 복희는 아주 긴 세월 그 아이를 그리워했다는 것을……. 처음 보는 얼굴이라고 대답한 뒤에도 나는 뚫어지게 복희를 쳐다봤고, 내 시선을 느꼈는지 복희는 사진을 도로 챙기며 뜻밖의 말로 나를 놀라게 했다.

"내가 처음으로 받은 애야."

"애를 받아요?"

"이 애가 세상에 나올 때 말이야, 내가 몸도 꺼내 주고 핏물이랑 태질도 닦아 주고 탯줄도 끊어 줬다고."

"그럼, 예전엔 산부인과에서 일했다는 말씀인가요?"

"애 받는 일만 한 건 아니지만 비슷한 일을 하긴 했지, 40년 가까이, 여기저기서⋯⋯."

얼버무리며, 복희는 고개를 숙였고 더 이상 아무런 말도 보태지 않은 채 다시 국수를 먹기 시작했다. 태어날 때부터 보살펴 준 아이라면 친자식과 다를 것 없지 않을까, 나는 생각했다. 친자식처럼 키우다가 입양 보낸 것은 입양을 떠날 예정인 아이를 잠시 맡아 키운 것과는 달랐다. 하나는 유기이고 다른 하나는 보호니까. 진실을 더 알고 싶지는 않았다. 지금까지의 내 삶은 그런 이야기로부터 도망치기 위한 몸부림이었고, 게다가 지금 나는 우주와 함께 있었다.

입맛이 썼다. 나는 국수를 남긴 채 굳은 얼굴로 의자에서 일어났고 복희에게 건성으로 인사한 뒤 식당에서 나왔다. 등 뒤에서 복희가 또 오라고 말했지만 나는 대답하지 않았고 복희 쪽을 보지도 않았다. 일단 자고 싶었다. 깊은 잠을 자고 나면 나쁜 기억은 모조리 투명한 체에 걸러져 무의식의 영역으로 흘러갈 것만 같았다. 이상했다. 복희와 나는 식당 주인과 손님으로 만났고 그 만남의 횟수는 두 번에 불과한데도, 나는 마치 오랫동안 알고 지내 온 사람에게서 방금 전 버림받은 것만 같은 손상된 마음을 품고 있었다. 한 손으로 배를 감싼 채 계단을 오르는데 이제 내게 남은 은신처는 서영의 집뿐이라는 생각이 들었고, 그래서인지 그곳으로 이어지는 계단들이 이 세계를 빠져나가는 통로처럼 여겨졌다. *너와 나의 피난처, 새의 둥지 같은 곳, 그 누구도 침범하거나 부술 수 없는……*

6

기관사의 집에서 문주로 살았던 1년이 지나고 이듬해 여름이 되었을 때, 나는 다시 이름 없는 아이가 되어 고아원으로 보내졌다. 새 원피스를 입고, 기관사의 어머니가 정성스럽게 땋아 준 머리 모양을 한 채, 가슴에는 무조건 잘 살라는 당부를 안고……. 긴 여정이었다. 서울에서 인천까지, 버스와 지하철과 다시 버스를 번갈아 타는 동안 얼굴이 노래지도록 멀미를 했고 마지막 버스에서 내렸을 때는 결국 길가에 쭈그리고 앉아 토하고 말았다. 그때 내 곁에서 부드럽게 등을 쓸어 주었던 기관사는 어떤 표정을 짓고 있었던가.

기억나지 않는다.

"1980년대 후반까지는 고아원 근처가 비포장도로였다고 하니 마지막 버스에서 내린 뒤엔 한참을 걸었겠군요."

맞은편 소파에서 두 손을 가지런히 모은 자세로 내 이야기를 경청한 젬마 수녀가 그렇게 말을 얹었다. 그러고 보니 그때는 고아원 주변에 판잣집만 가득했을 뿐 아파트나 높은 빌딩 같은 건 전혀 없었다. 고아원 역시 지금처럼 3층짜리 건물이 아니라 일반 주택을 개조한 형태였는데, 밤에는 아이들이 팔이나 다리를 포갠 채 잠을 자야 할 만큼 공간이 비좁았고 체육관이나 도서관 같은 시설도 따로 없었다. 현재 나사렛 고아원엔 미취학 아동 일곱 명이 머물고 있다고 했다. 고아원 자체는 커졌지만 아이들의 숫자는 5분의 1 수준으로 줄어든 셈이다.

나보다 어려 보이는 젬마 수녀는 2년 전부터, 그러니까 베로니카 수녀가 가톨릭 재단이 운영하는 요양원으로 거처를 옮기면서 나사렛 고아원의 원장이 되었다고 했다. 요양원은 목포라는 항구도시에 위치해 있다고 하니, 베로니카 수녀는 서영과 내가 예상했던 것보다 훨씬 더 먼 곳에 있는 셈이다. 그러나 우리에게 닥친 뜻밖의 불운은 요양원의 위치가 아니라 베로니카 수녀의 병명이 우울증을 동반한 치매라는 사실이었다. 치매 환자가 30여 년 전에 프랑스로 입양을 보낸 고아와 그 고아를 데려온 임시 보호자를 기억할 가능성은 희박할 터였다. 서영도 그런 생각을 했는지, 젬마에게서 베로니카의 병명을 들은 순간 당황한 표정을 감추지 못했다.

젬마 수녀가 내게 보여 주려고 준비했다며 책상에서 커다란 서류철을 가져왔다. 그녀가 낡은 서류철에서 꺼낸 건 박에스더라는 이름으로 신체 치수와 입양 현황이 기록된 아동 카드 원본과 역시 박에스더로 등재된 고아 증명서와 단독 호적, 그리고 박영희가 서명한 입양 동의서 사본이었다. 어떤 서류에도 기관사에 대한 정보는 없었다. 서류를 한 장 한 장 들여다보는 동안, 문주일 때 내 성이 '정'이었다는 것이나 고아원에 입소하면서 정문주에서 박에스더로 이름이 바뀌었다는 것이 새삼 상기됐다. 박에스더로 불린 세월은 2년 정도였다. 정문주보다 박에스더라는 이름 안에서 거주한 기간이 더 길었는데도 그 이름에는 애정도 집착도 갖지 않았던 건, 고아원 생활에서는 내 고유한 경험이랄 게 거의 없었기 때문일 것이다. 비슷비슷한 이름들, 정해져 있는 시간표, 다른 고아들과 똑같은 분량으로 공유했던 결핍감과 불안감, 베로니카 수녀를 비롯한 여러 어른들의 평균적이고도 관습적인 애정, 그리고 때가 되면 해외로 입양되어 떠나는 아이들의 빈자리가 또 다른 아이들로 채워지는 무심한 반복이 내 감각을 무디게 했던 것이다.

곁에서 서영은 내가 들여다보는 서류를 메인 카메라로 클로즈업했고, 한 뼘 떨어진 은은 또 다른 카메라를 들고 젬마 수녀와 나를 풀숏으로 찍었다. 오늘은 실내 촬영만 예정되어 있어서 은은 조명판 대신 보조 카메라를 빌려 온 모양이었다.

소율은 청량리역에서처럼 카메라에 잡히지 않도록 거리를 둔
채 테이블 쪽으로 마이크를 대고 있었는데, 그것 역시 실내용
인지 이번엔 장대 모양이 아니라 지지대 위에 걸쳐 놓은 사냥
총 모양이었다.

"박영희는 베로니카 수녀님의 속명이에요. 수녀님이 계시는
동안엔 적(籍)이 없는 고아들에게 성서에 나오는 성인이나 의
인의 이름을 붙여 줬는데, 성은 모두 박으로 했다고 하더군요.
그렇게 해서라도 가족의 느낌을 전해 주고 싶으셨던 거겠죠."

"……."

"그런 의미에서……."

젬마 수녀가 안경을 매만지며 숙고하듯 잠시 말을 골랐다.

"그런 의미에서, 자매님을 여기로 데려온 기관사는 정 씨일
거라고 저는 확신해요."

"……."

"그 기관사가 정문주라는 이름을 지어 줬다면서요? 그는 나
중에라도 자매님을 도로 데려가려 하지 않았을까 싶어요. 미
아를 발견한 사람이 1년이나 위탁 가정을 자처하는 경우는 아
주 드물거든요."

"……."

나는 한마디도 말을 보태지 못했다. 아무것도 판단할 수 없
었다. 침묵이 길어지자 서영이 카메라를 잠시 내려놓고는 나

를 대신해서 젬마 수녀에게 물었다.

"혹시 그 시절에 베로니카 수녀님과 함께 일했던 분들 중에 그 기관사의 성함이나 주소를 기억할 만한 분이 없을까요?"

"수녀님이 한 분 더 계셨다는 건 아는데 그 분은 이미 오래전에 성직을 떠나셨고 저는 얼굴도 뵌 적이 없어요. 연락처도 모르고요. 그보다는 경찰서에 먼저 가 보는 게 낫지 않을까요? 아무리 좋은 뜻으로 위탁을 자처했더라도 경찰서에 신고는 해야 하니까요. 아마 신고서 같은 걸 작성하면서 본인의 인적 사항도 남겼을 거예요."

젬마 수녀의 말을 들은 서영은 비스듬히 고개를 숙였다. 간과한 것을 점검하는 듯한 진지한 얼굴로 바닥을 내려다보고 있던 서영은 손으로 신호를 보내는 소율을 본 뒤에야 다시 카메라를 어깨 위로 올렸고 익숙하게 내 쪽으로 앵글을 맞췄다. 고아원 신은 아연한 표정을 짓고 있는 내 얼굴이 클로즈업되었다가 천천히 페이드아웃되는 구성이 되리란 걸 그 순간 나는 알 수 있었다.

*

서영이 소율과 은을 데리고 영화에 배경 장면으로 활용할 만한 고아원의 풍경을 찍는 동안, 나는 원장실에서 나와 건물 출구로 이어지는 복도를 걸었다. 복도와 로비 벽에는 수많은 액자들이 촘촘하게 걸려 있었는데, 나사렛 고아원을 거쳐 간 아이들의 사진이란 걸 금세 눈치챌 수 있었다. 계단에서 로비로 이어지는 벽에서 익숙한 얼굴을 발견한 나는 자연스럽게 걸음을 멈췄다. 프랑스로 가기 직전에 찍은 사진인 듯했다. 다소 놀란 듯 눈을 동그랗게 뜨고 입을 약간 벌린 여섯 살, 혹은 일곱 살의 박에스더이자 정문주……. 나는 아프도록 목을 뒤로 젖힌 채 오래오래 그 사진을 올려다봤다.

건물 밖으로 나가자 차들이 주차되어 있는 시멘트 바닥만 보일 뿐, 마흔 명에 가까운 아이들이 공놀이를 하거나 고무줄을 뛰던 공터는 사라지고 없었다. 공터엔 그 흔한 그네 하나 없었지만, 대신 흙과 모래가 많았고 큰 나무도 여럿 있어서 늘 커다란 그늘이 드리워져 있곤 했었다. 그 공터 어딘가에 나는 손거울을 묻었다. 프랑스로 떠나던 날 새벽이었다. 비행기에 올라 구름 위에서 긴 잠을 자고 나면 프랑스일 거라고, 두 달 전에 고아원에서 딱 한 번 만난 민머리 남자와 키 큰 여자가 공항에서 나를 기다리고 있을 거라고 베로니카 수녀는 찬찬히 설명해 주었다. 누군가 고아원을 떠나기 전날이면 늘 그랬듯, 그날 저녁에도 작은 파티가 있었다. 함께 기도를 하고 케이크와 불고기 같은 귀한 음식을 나눠 먹은 뒤 떠나는 아이의 뺨에 남겨진 아이들이 한 명씩 입맞춤을 해 주는 파티였다. 나는 수많은 입맞춤을 받은 뺨을 손등으로 문지르며 평소와 같은 시간에 잠자리에 들었지만 동이 틀 때까지 뜬 눈으로 있었다. 새소리가 들리고 창밖이 조금씩 희붐해질 무렵, 아무도 몰래 자리에서 일어나 내가 가장 아끼는 소지품이었던 손거울을 들고 공터로 갔다. 쭈그리고 앉아 챙겨 온 손거울을 물끄러미 들여다봤다. 어둡고 흐릿한 내 생의 일부가 거울 안에 들어 있었다. 잠시 뒤 나는, 내가 할 수 있는 한 가장 깊이 땅을 팠고 손거울을, 아니 거울 속 내 얼굴을 땅에 묻었다. 이곳에 남아 나와 같은 속도로 나이 들어가는 문주를 상상할 수 있었던 건, 혹시 그때 내가 묻었던 그 손거울 때문이었을까.

"여기 계셨네요."

젬마 수녀였다. 꼭 전할 말이 있다는 듯 초조한 모습으로 그녀는 내 등 뒤에 서 있었다.

"자매님께 한 가지 부탁이 있어서요."

그녀가 내게로 한 걸음 다가오며 말했다.

"실은……."

"……."

"실은, 베로니카 수녀님의 상태가 많이 안 좋아요. 10년을 함께 지내 온 저마저 알아보지 못하는걸요. 발병도 갑작스러웠는데 병의 진행 속도까지 너무 빨라서 다들 당황하고 있어요."

"그 분이 갑자기 기억을 잃으셨다는 건가요?"

"그게……."

난처한 표정으로 말을 잇지 못하던 젬마 수녀가 잠시 주위를 둘러봤다. 그 소동이 있기 전까지는 아무도 베로니카 수녀님의 병을 알지 못했어요, 라는 말로 이어지는 그녀의 목소리는 한결 낮아져 있었다. 단 한 번도 제대로 드러난 적 없는 그 병의 증세는 어느 평범한 밤에 폭발하듯 분출됐다. 그날 베로니카는 방 안의 모든 성물(聖物)을 부수고 깨뜨린 뒤 그 파편 하나를 집어 자신의 팔뚝과 허벅지를 그었다.

주님! 젬마 수녀가 말하는 동안 내 귓가에선 리사의 외침이 여러 번 파동을 일으켰다. 앙리의 암이 재발하여 몸 전체로 전이되었다는 의사의 판명을 들은 날, 술에 취해 귀가한 리사는 옷장과 냉장고와 욕실 문을 차례로 열어젖히고는 그 안에 대고 목에 핏줄이 돋도록 연이어 외쳐 댔다. 당신은 개새끼입니까, 주님!

앙리는 병원에 있었으므로 그 장면을 목격한 사람은 오로지 나뿐이었다. 꼭 필요한 말 이외에는 목소리를 내는 일이 거의 없고 어디에 있든 꾸부정한 자세를 좀처럼 풀지 않던 리사가 그날처럼 광포한 모습을 보인 적은 없었다. 문주와 나나 같다, 오랜만에 그 장면 속 리사를 소환하며 나는 생각했다. 교묘하게 잘 감추어져 있다가 어느 순간 일상을 찢으며 분출된 베로니카와 리사의 그 외로운 분투가 내게는 한 사람의 몸에서 나온 두 개의 상(像)처럼 닮아 보였던 것이다. 무력한 방관자에 지나지 않는 신 앞에서는 공허한 협박이 되고 마는 고통의 몸짓들…….

그나마 리사가 베로니카와 달리 막다른 곳까지 내몰리지 않은 건 앙리 덕분이었을 것이다. 190센티미터에 육박하는 큰 키, 매끄러운 곡선을 찾을 수 없는 몸의 실루엣, 굵은 골격과 거친 목소리. 사람들은 리사를 소인국에 던져진 거인 취급했지만 앙리는 어깨 위의 작은 새인 양 리사를 대했다. 늘 리사의 상태를 세심하게 살폈고 리사를 만지는 손길은 더없이 부드러웠다. 리사는 그 기억을 가졌기에 앙리의 부재를 견뎠으며 다시 일상의 궤도로 안착할 수 있었다고 나는 믿는다.

"제 부탁은, 그러니까…… 자매님이 베로니카 수녀님을 찾아가지는 않으면 좋겠다는 거예요. 자식처럼 보살피던 아이들에게만큼은 아프고 약한 모습을 보이기 싫어하실 분이에요. 그건 제가 장담할 수 있어요."

젬마 수녀에게 나는 그렇게 하겠다고, 그 부탁을 거부할 권리가 내게는 없는 것 같다고 대답했다. 가볍게 목례하고 돌아서는 젬마 수녀에게 얼결에 나는 고맙다고 말했다.

"네? 뭐가요?"

"저를 구했던 기관사를, 믿어 줘서요."

"아……."

젬마 수녀는 내가 무엇에 고마워하는지 정확하게 이해하지 못한 듯했지만 나는 긴 설명은 하지 않았다. 기관사가 다시 나를 데려가려 했을 거라는 그녀의 추측이 틀렸다는 걸 아는 사람은 나 하나만으로 충분하니까. 그 순간, 이 공터에 손거울을 묻을 때 내가 품었던 감정을 더 이상 외면할 수 없다는 걸 나는 깨달았다. 그때 내 작은 가슴속은 원망이라는 감정으로 들끓고 있었다. 엄청나게 성공해서 세상이 다 알아 주는 사람이 된다 해도 기관사만큼은 찾지 않겠다고 다짐하기도 했다. 언젠가 기관사가 도로 나를 데리러 올 거라고 누구보다 깊이 믿은 건, 다름 아닌 나였다. 그러나 그는 내가 다른 나라로 떠나는 그날까지 고아원으로 전화 한 통 걸어 오지 않았다. 나의 안위를, 내가 어디에서 어떻게 살아가고 있는지를, 심지어 생사 여부마저 궁금해하지 않았다. 이곳에 나를 위탁한 뒤, 그는 단 한 번도 찾아오지 않았다.

*

인천에서 한 시간 넘게 지하철을 타고 서울에 도착하자, 서영은 영화 시퀀스를 새로 짜 보겠다며 은과 함께 합정의 커피숍으로 갔고 소율은 언제나처럼 티케팅 아르바이트를 하러 떠났다. 나는 버스를 타고 서영의 집 근처까지 가서 간판 하나하나를 유심히 보면서 걸었다. 휴대폰의 구글 지도에 따르면 녹사평역 근처에는 세 개의 산부인과 병원이 있었다. 그중 한곳에서 나는 프랑스로 돌아가기 전까지 진료를 받을 예정이었다.

처음 찾아간 병원은 소독약 냄새가 너무 짙어서 걸음을 돌렸지만 두 번째로 들른 병원에선 바로 접수를 했다. 규모는 작았으나 거실처럼 아늑해 보이는 대기실이 마치 누군가의 집에 초대를 받은 기분을 갖게 했던 것이다.

몇 가지 검사를 마친 의사는 16주 차에 접어든 우주의 키가 10.2센티미터이고 몸무게는 120그램이 조금 넘는다는 걸 알려 주었다. 온몸은 소용돌이 형태의 솜털로 덮이기 시작했고 성기와 눈썹이 생겼으며 서너 시간에 한 번씩 소변을 본다고도 했다. 곧 간뇌도 생성될 텐데, 그렇게 되면 내 감정이 고스란히 우주에게 전해져 우주도 나와 똑같은 감정을 느끼게 될거라는 설명도 이어졌다.

"프랑스에서 오셨네요. 한국에 보호자는 없나요?"

내 환자용 서류를 들여다보며 의사가 물었다.

"보호자는 저 자신이에요. 다른 보호자는 없습니다."

내 대답에 의사의 얼굴은 복잡하게 변했지만 다행히 그녀는 아무것도 묻지 않았고 종합 비타민제를 복용하라는 당부만

했다. 진료실에서 나오자 초음파 검사를 할 때 화면으로 보았던 영상이 내 휴대폰으로 전송되어 있었다. 병원 직원은 작은 수첩도 건네주었는데 출산까지 산모의 건강 상태와 몸의 변화를 기록하는 용도인 듯했다. 진료비를 계산하기 위해 가방에서 지갑을 꺼낼 때, 구겨진 냅킨 한 장이 딸려 나왔다. 냅킨에 적힌 '銀'을 가만히 내려다보는 동안, 잊고 살았던 데니스의 손이 필름을 되돌린 화면 속 피사체처럼 천천히 복원되기 시작했다. 냅킨을 쥐고 있던 손 모양뿐 아니라 그 주름의 정도와 심줄의 각도까지 점점 더 선명해졌다.

어디였을까. 아마도 극단 근처의 펍이었을 것이다. 데니스는 이제 막 활동을 시작한 신인 배우였는데, 내가 극작한 연극을 보러 왔다가 친분이 있는 연출가의 권유로 술자리에 동참하게 된 거였다. 그는 달변가였고 특유의 유머로 극단 사람들에게 자주 웃음을 안겼다. 좌중을 압도하는 그의 이야기를 건성으로 듣다가 테이블 아래쪽으로 시선을 돌린 순간, 피가 몰리도록 있는 힘껏 냅킨을 쥐고 있던 그의 손을 보게 되었다. 애쓰고 있구나, 나는 생각했다. 그에게는 손이 신체의 말단기관이 아니라 내면의 모양을 추출하여 가시화하는 독립된 물질 같기만 했다. 그와 연인으로 만나는 동안, 실제로 나는 그의 표정이나 말투보다 손의 상태를 더 예민하게 살폈다. 냅킨 같은 작은 사물을 꽉 쥐고 있다는 건 긴장감을, 유독 붉어지는 순간은 수줍음을, 푸른색에 가깝게 창백해질 땐 수치심을 감추고 있다는 걸 알아 갔다. 내가 마지막으로 본 그의 손은 아무것도 쥐지 않았고, 붉거나 창백하지도 않았다. 더 이상 사랑하지 않는다는 말을 하면서도 아무런 변화가 없던 손, 그건 더없이 확실한 이별의 증표였다. 그러나 헤어진 뒤에도 그와 나는 자주 마주칠 수밖에 없었고, 그중 어떤 날엔 기대나 전망 없이 함께 밤을 보내기도 했다. 그가 날 이용한 이기적인 사람이라면, 그건 나도 마찬가지인 셈이다. 우리는 스스로의 외로움에는 솔직했으나 그것을 볼모로 서로에게 희망을 걸지 않았고, 나는 그런 관계가 다행이라고 생각하곤 했다.

한국으로 오기 며칠 전, 그러니까 내가 우주의 존재를 알게 된 뒤에도 그와 마주친 적이 있었다. 우리가 공동으로 아는 노배우의 은퇴 공연에서였다. 공연이 끝난 뒤 로비로 나가자 나를 찾는지 주위를 두리번거리는 데니스의 뒷모습이 보였다. 멀찍이 서서 그를 바라보다가 나는 극장 후문 쪽으로 걸음을 옮겼다. 우주가 비밀의 아이가 되는 건 바라지 않았지만, 그렇다고 내가 먼저 그 비밀을 밝힐 마음은 없었다. 가족 없이 독신으로 살겠다는 그를 선택한 건 나였고, 사랑은 이미 지나갔다. 내 생각에 데니스와 우주와 나의 관계는 공평했다. 데니스에게는 우주에 대한 책임이 없고, 우주는 데니스의 허락이나 동의 없이 나의 가족이 될 것이며, 나는 언제까지고 데니스를 원망하지 않을 생각이었다.

냅킨을 다시 가방 속에 넣었다.

서영의 집으로 가는 길에 약국에서는 종합 비타민제를, 마트에서는 여러 야채와 봉지에 든 쌀과 호밀 식빵을 샀다. 거리의 사위어 가는 여름 햇살 속으로 흐릿한 먹빛이 스며들고 있었다. 뒤늦게 배가 고파 왔다. 양손에 비닐봉지를 나눠 들고 부지런히 오르막길을 걸어 올라가자, 저 멀리 불 밝힌 복희 식당이 보였다.

*

복희 식당을 그대로 지나쳐 쪽문을 여는데 뒤에서 복희의 목소리가 들려왔다. 복희는 내게 맞춤한 호칭을 찾지 못했는지 3층, 3층, 연달아 부르며 손짓까지 해 보였다. 흔쾌히 그녀에게 다가갈 수 없었다. 진실을 알고 싶지 않을 때는 그 진실이 발화되는 자리를 피하는 것이 가장 합리적인 방법이라고, 나는 늘 그렇게 생각해 왔다.

"잠깐이면 돼, 어서."

피곤해서 쉬고 싶다고 둘러댔는데도 복희의 말투는 사뭇 간절했다. 더 이상 어떤 말로 거절해야 하는 건지 알 수 없었고, 할 일이 있다거나 연락 올 곳이 있다는 거짓말은 하고 싶지 않았다.

어쩔 수 없이 발길을 돌려 복희 식당 안으로 들어가자 한쪽 테이블에 물과 수저, 밑반찬이 세팅되어 있는 게 보였다. 내가 의자에 앉자마자 복희는 주방으로 들어갔고 곧 고소한 기름 냄새가 났다. 잠시 뒤 주방에서 나온 복희의 손에는 접시가 들려 있었는데, 그 접시를 본 순간부터 나는 벌어진 입을 다물지 못했다. 접시에는 그 음식, 갈색에 가까운 자줏빛을 띠는 납작한 만두 모양의 음식이 가지런히 놓여 있었던 것이다.

"이거, 어떻게……."

내 말이 끝나기도 전에 복희는 호탕하게 웃으며 내 맞은편 의자에 앉았다.

"어떻게는 무슨 어떻게야. 설명 듣고 곰곰이 생각해 보니 뭐, 바로 알겠더만. 서프라이즈, 알지? 서프라이즈야. 근데 이거 이름이 뭔지는 알아?"

가까스로 고개를 저어 보이자, 복희가 내 쪽으로 얼굴을 들이밀더니 한 음절 한 음절 천천히 발음했다.

"수, 수, 부, 꾸, 미."

"수, 수, 부, 꾸, 미?"

"그래, 수수부꾸미. 수수라는 곡식이 있어. 강원도라고, 여기서 동쪽으로 쭉 가면 나오는데, 거긴 산이 많고 땅도 안 좋아서 쌀이 잘 안 난다고. 근데 수수는 나쁜 땅에서도 쑥쑥 자라니까 이런 걸 만들어서 먹은 거지."

유창하게 설명하는 복희를, 그녀가 수수부꾸미를 알아듣기 쉬운 단어로 풀어내기 위해 고심했다는 게 짐작됐으므로, 나는 말없이 바라보기만 했다. 수수부꾸미, 수수부꾸미, 속으로 되뇌며 한 점 집어 입에 넣자 빗소리와 비에 젖은 나무 냄새, 그리고 문주야, 하고 부르던 목소리가 차례로 내 감각 속으로 밀려들어 왔다. 조용하게 물결쳤다.

"맛있어요."

고개를 숙인 채 속삭이듯 나는 말했다. 복희는 물끄러미 날 보는 듯하더니 이내 의자에서 일어나 소주 한 병을 가져왔다. 잔에 따른 소주를 세 모금쯤 마셨을 때, 벨기에는 어떠냐고 복희가 불쑥 물었다.

"살 만한가? 다르게 생겨도, 그러니까 피가 막 섞인 사람도 차별 안 하고, 그래? 하긴, 유럽 같은 데선 별나게 생긴 사람도 별난 취급 안 받고 인종도 막 섞여 살고 그렇잖아, 맞지?"

"네, 맞아요."

일부는 거짓말이었다. 이방인에게 차별은 피할 수 없는 삶의 조건이고, 그건 예외가 없었다. 그새 복희는 소주를 한 모금 더 마셨고 풀죽은 목소리로 이어서 말했다.

"살아서 한 번은 가게 될 줄 알았어. 근데 70년을 넘게 살았으면서도 한 번을 못 가 보네, 결국 그 한 번을…….”

“그 사진 속 아이, 혹시…….”

버렸어요, 다르게 생겨서? 라는 뒷말은 나오지 않았다. 다행히 복희는 내가 삼킨 말을 궁금해하지 않았고 끝까지 말해 보라고 채근하지도 않았다. 내가 수수부꾸미를 다 먹을 때까지, 그녀는 그저 소주가 반쯤 차 있는 투명한 잔을 지그시 내려다보고만 있었다. 잔에 투영된 형광등 빛이 그녀의 얼굴에 되비쳐 순간순간 그녀는 지금보다 훨씬 젊었을 때로 돌아간 듯 보이기도 했다. 지금도 마치 어제 본 것처럼 생생히 기억하는, 그녀의 단 하나의 얼굴이다.

*

접시를 다 비우고 젓가락을 내려놓자 복희가 기다렸다는 듯 끙, 소리를 내며 일어나더니 주방에 남아 있던 여분의 수수부꾸미를 스티로폼 상자에 담아 내 가방 안에 넣어 주었다. 내가 고맙다는 말을 하기도 전에 복희는 쌀과 호밀 식빵이 들어 있는 마트 비닐봉지를 번쩍 집어 들었고, 앞장서서 문 쪽을 향해 걸어갔다. 내 짐을 나눠 든 복희를 말리고 싶었으나 그러지 못했다. 복희가 알았기 때문이다. 복희만은, 오직 그녀만이, 우주의 존재를 알아챘기 때문이다.

"아기 가졌을 땐 무거운 거 드는 거 아니야."

식당을 나서며 복희는 타이르듯 말했고, 나는 순간적으로 격하게 흔들리는 내 감정의 결을 해석할 수 없었다. *네가 받게 된 가장 처음의 배려, 그리고 내가 간절히 기다려 온, 너를 향한 타인의 환대……*. 남은 비닐봉지를 들고 뒤늦게 복희를 따라 식당을 나오면서 나는 그녀의 말이 내게 그토록 강렬하게 각인된 이유를 천천히 깨달았다.

3층 현관문 앞에 비닐봉지를 내려놓은 복희는 어서 들어가라는 듯 손짓을 한 뒤 다시 계단을 내려갔다. 무릎이 좋지 않은지 난간을 짚어 가며 한 계단씩 내려가는 복희의 꾸부정한 뒷모습이 낯설지 않았다. 리사가 떠올랐고, 동시에 아직도 리사에게 우주의 존재를 알리지 못했다는 것이 내 마음을 무겁게 했다. 서영의 집으로 들어가자마자 나는 휴대폰을 꺼내 리사의 번호를 눌렀다.

통화가 연결되자 리사는 아프냐는 질문부터 했다. 반사적으로 나온 질문 같았다. 앙리의 죽음 이후, 리사는 가까운 사람의 갑작스러운 전화를 받으면 지금처럼 인사도 생략한 채 일단 아프냐고 묻곤 했던 것이다. 나는 아프지 않다고, 아프지는 않지만 아기를 가졌다고 단숨에 말해 버렸다. 잠시 침묵이 흘렀다. 전화기 저편은 크고 작은 소음으로 소란스러웠지만 리사의 숨소리는 균일하게 고요했다.

"오 세상에, 나나."

잠시 뒤 리사가 나직이 말했다.

"묻고 싶은 게 너무 많지만 지금은 무슨 말을 해야 할지, 도무지⋯⋯. 내게 시간을 좀 주겠니? 생각을 정리한 뒤 내가 전화하면 어떨까?"

우리는 언제라도 통화할 수 있다고 나는 웃으며 대답했다. 통화를 마치며 나누는 인사는 어색했지만, 나는 리사를 이해했다. 아니, 리사의 결핍을 이해했다.

그런 날이 있었다. 앙리가 처음이자 마지막으로 암세포를 제거하는 수술을 받던 10여 년 전의 어느 날, 리사는 수술실 밖 복도에서 내게 말했었다. 사춘기 무렵부터 오랫동안 성장 호르몬 억제제를 복용해 온 탓에 앙리를 만나기 전부터 의학적으로 불임 상태였다고, 그 이전엔 사랑을 받아 본 적이 없고 사랑의 행위에 무지했으므로 그것이 결핍이 아니었으나 앙리를 알게 되면서 커다란 고통이 되었다고. 앙리에게도 이런 이야기는 한 적이 없어, 그렇게 덧붙여 말하는 리사의 얼굴이 추워 보였으므로 나는 가만히 그녀를 안아 주었다. 그날, 나는 리사를 이해하는 이 세상의 마지막 사람이 되기로 결심했다. 앙리의 친구들은 리사가 속을 알 수 없을 만큼 차갑고 때로는 답답하다고 쑥덕이곤 했지만, 나 역시 리사에게서 따뜻한 위로의 말을 들어 본 기억이 거의 없고 오히려 그 폐쇄적인 태도에 마음이 상한 적이 많았지만, 그 결심은 절대로 변질되거나 소멸하지 않을 터였다. 리사는 나의 엄마니까, 내게는 그토록 명백한 이유가 있으므로.

두 개의 비닐봉지를 들고 냉장고 앞으로 걸어갔다. 대단해. 복희에게서 받은 스티로폼 상자와 마트에서 사 온 식료품을 냉장고 안에 넣으며 나는 속삭였다. 앙리가 살아 있었다면 내게 해 주었을 말이었다. 이마와 눈썹 사이, 코끝과 입술 사이, 뺨과 턱 사이에 숨어 있던 진주름이 빠짐없이 돋아나는 미소 띤 얼굴, 내가 좋아했던 바로 그 얼굴로 그는 분명 이렇게 말했을 것이다. 나나, 나를 할아버지로 만들어 주다니, 정말 대단해.

7

아현은 신촌과 광화문 사이에 위치해 있었고 서영이 일하는 합정의 커피숍이나 이태원에서도 그리 멀지 않았다. 놀랍게도 생각보다 너무도 가까운 곳에 그 집이 있었던 것이다. 아현으로 가는 길에는 웨딩숍들이 모여 있는 블록이 있었고, 그 블록 이후엔 중개 사무소와 가구점과 식당이 번갈아 나타났다. 결혼하고 집을 구하고 가구를 산 뒤 밥을 먹는 거리, 아현을 향해 걸으며 삶의 어떤 시기를 펼쳐 놓는다면 바로 이 거리가 될 거라고 나는 생각했다.

서영의 말에 따르면 아현은 최근에 고급 아파트촌으로 재개발된 곳이었다. 그래도 모든 구역이 개발된 것은 아닌지, 지하철역을 중심으로 왼편엔 세련된 고층 아파트가 즐비했지만 오른편엔 낡은 주택들과 작은 상점들이 아직 남아 있었다. 휴대폰 구글 지도에 따르면 서영이 일러 준 게스트하우스는 오른편 안쪽, 그러니까 개발이 덜 된 쪽에 위치해 있었다. 지도를 보며 몇 개의 골목을 지나 목적지 쪽으로 다가가자 정차해 있는 이삿짐 트럭이 보였다. 초록색 조끼를 덧입은 남자 두 명이 크고 작은 짐들을 그 트럭으로 나르는 중이었다. 나는 걸음을 멈춘 채 세월이 손때나 스크래치의 형태로 퇴적된 장롱과 화장대와 냉장고를 하염없이 건너다보았다.

"근데, 그 집에 기관사나 그의 어머니는 이제 살지 않아요. 제가 미리 가 봤는데, 젊은 부부가 한옥을 개조해서 게스트 하우스로 쓰고 있더라고요. 부부가 그 집을 매입하기 전엔 은퇴한 의사가 살았다고 하니, 기관사는 꽤 오래전에 그 집을 떠난 것 같아요."

오늘 아침, 나사렛 고아원에서의 촬영 이후 닷새 만에 전화를 걸어 온 서영이 드디어 기관사의 집을 찾았다며 주소 하나를 읊은 뒤 그렇게 일러 주었다. 하긴, 한 가족이 수십 년을 같은 집에 살 확률은 그리 높지 않을 것이다. 심하게 떨리는 손으로 기관사의 한옥집 주소를 받아 적은 뒤에도, 그러나 나는 좀처럼 흥분을 가라앉히지 못했다.

서영과의 통화를 마치고 인터넷 포털 사이트에 들어가 아현을 찾았다. 아현은 오래전 애고개로 불렸다가 지명이 한자

화되면서 비슷한 발음인 아현 — 아현은 언덕(阿)과 고개(峴)를 뜻하는 한자로 조합된 단어였다. — 으로 바뀐 경우라고 했다. 한때의 왕국인 조선에서는 시체가 생기면 무조건 사대문 밖으로 내보냈는데 애고개, 그러니까 아현은 주로 아이들을 묻었던 매립지라는 설명을 나는 천천히 읽었다. 애기 무덤들이 즐비했던 곳, 나는 서울에서 가장 슬픈 의미를 갖고 있는 행정 구역에서 1년 동안 문주로 살았던 셈이다.

이삿짐 트럭이 곧 출발했다. 트럭이 떠나자, 비로소 담벼락 쪽에 나란히 놓인 나무 의자 두 개가 보였다. 다가가 앉아 보니 다리의 균형이 맞지 않아 삐걱거리는 의자였다. 이삿짐에 실려 가지 못하고 버려진 이유를 알 것 같았다. 의자에 앉아 올려다 본 허공의 전깃줄은 아현의 고유한 무늬 같았고, 그 전깃줄에 걸린 흰색의 나풀거리는 긴 끈은 내게만 보이는 하나의 표식 같았다. 그 끈이 가리키는 곳에 바로 서영이 일러 준 게스트 하우스가 있었으므로…….

서영은 말했다. 청량리역 근처에 있는 경찰서 세 곳과 파출소 두 곳을 모두 가 봤지만 내가 철로에서 발견된 1983년의 서류는 남아 있지 않았다고, 그때는 미아 신고가 체계적으로 관리되지 않았고 서류의 전산화도 이루어지지 않은 시절이어서 조회를 해 볼 수도 없었다고, 더 이상 어떻게 문주의 흔적을 찾아야 할지 알 수 없어 낙담하고 있던 때에 뜻밖에도 젬마 수녀에게서 전화가 왔다고 했다.

"베로니카 수녀님은 혹시라도 나중에 아이가 부모를 찾으러 올 수도 있고 반대로 부모가 아이의 행방을 수소문할지 모른다고 판단해서 비공식적으로 수첩을 작성하셨대요. 요양원으로 들어가기 전에 그 수첩들을 젬마 수녀님에게 넘겼는데, 우리가 돌아간 뒤 다시 꼼꼼히 검토해 보니 정문주를 데려온 사람의 이름과 주소가 있더래요. 젬마 수녀님 말로는 35년 전에 볼펜으로 쓴 글자가 알아볼 수 있을 만큼 온전하게 남아 있는 건 작은 기적이라고 하더라고요."

그리고 젬마의 추정대로, 기관사는 정씨가 맞았다.

정우식, 당시 나이 서른한 살. 이름과 나이 옆에는 집 주소와 지금은 결번인 전화번호만 적혀 있을 뿐, 이름의 한자 표기나 주민등록번호는 생략되어 있었다. 서영은 바로 철도청에 전화를 걸어 정우식이란 이름을 대고 연락처를 물어 봤지만 기관사 명단에 그 이름은 없으며 설혹 있다 해도 개인 정보는 알려 주지 않는다는 답변을 들었다. 부지런히 좇아왔는데도 그는 여전히 닿을 듯 닿지 않는 곳에 있었다. 닻을 내리지 못한 채 항구 주변만 빙빙 도는 조각배 안에서 건너다본 어느 도시의 꺼지지 않는 밤의 조명처럼……

*

　게스트 하우스를 운영하는 인상 좋은 젊은 부부가 촬영을 허락해 주었다. 촬영 전에, 나는 2층으로 증축된 한옥집 둘레를 한 바퀴 돌았다. 확장된 정원은 갖가지 화초와 키 작은 나무로 보기 좋게 가꾸어져 있었고, 처마 끝에는 은은한 살구빛을 내뿜는 조명이 일정한 간격으로 달려 있었다. 숙박 중인 두 명의 외국인이 외출을 하는지 섬돌에 놓인 신발을 신고 있었는데, 시간의 터널을 통과한 작은 운동화가 내 눈에는 또렷하게 보였다. 기관사와 그의 어머니는 몰랐겠지만, 나는 자주 동그랗게 웅크리고 앉아 다른 신발들에 섞여 있는 섬돌 위의 내 운동화를 가만히 내려다보곤 했다. 그럴 때면 달고 맛있는 음식을 잔뜩 먹은 듯 이유 없이 든든해지곤 했는데, 그 든든함의 다른 이름은 아마도 소속감이었을 것이다. 태어나서 처음 가져 본 감정이었다.

　촬영은 앞이 트인 마루에서 인터뷰 형식으로 진행됐다. 카메라 바깥에서 서영이 준비해 온 질문을 던지면 카메라의 앵글 안에 있는 내가 답하는 식이었다. 마이크는 언제나처럼 소율이 들고 있었고, 은은 서영 대신 메인 카메라를 담당했다. 한옥집의 외양이나 분위기에 대한 기억, 정우식 기관사와 관련된 추억들, 처음으로 문주라고 불린 순간의 감정 같은 것을 서영은 물었고 나는 차근차근 답변했다.

"정우식 기관사를 다시 만난다면 무슨 말을 가장 먼저 하고 싶으세요?"

서영의 마지막 질문이었다. 이번엔 바로 답변을 내놓지 못한 채 가만히 카메라를 응시했다. 훗날 서영이 편집으로 잘라 낼 부자연스러운 침묵일 터였다.

"고맙다고 말하겠죠, 아마. 하지만 그 말로는 부족해요. 무슨 말을 해도 부족할 거예요. 그런데……."

한참 뒤에야 나는 다시 말을 이어 갔다.

"그런데, 무슨 말로도 부족한 그 고마움은 불완전한 고마움이기도 해요. 그를 원망한 적도 있어요, 가끔은 생모보다 더."

"……그건 왜요?"

"그야 물론……."

"……."

"다시 버려졌으니까요."

"……."

서영은 내 마지막 말에 더 이상 아무런 말을 보태지 않았다. 그저 나직이 컷, 한 뒤 마이크를 껐고 은과 소율도 부스럭거리는 소음 하나 내지 않고 조심스럽게 촬영 장비를 내려놓았다. 촬영은 그렇게 끝났다.

젊은 부부에게 인사를 하고 돌아서는데 젖은 바람이 불어왔다. 소나기가 올 것 같다고 서영이 말하자 소율과 은은 촬영 장비가 젖지 않도록 서둘러 걸음을 옮겼고 나도 바로 그들을 따라갔다. 게스트 하우스 밖으로 나온 순간, 복희보다 나이 들어 보이는 노파가 그 버려진 의자에 앉아 고개를 끄덕거리며 졸고 있는 게 보였다. 눈 깜짝할 사이에 한 생애를 다 살아 버린 미래의 나 자신과 마주친 듯, 순간 나른한 쓸쓸함이 밀려왔다. 골목을 빠져나오는 동안 몇 번이나 뒤를 돌아봤지만 노파는 좀처럼 깨어나지 않았다. 노파가 꿈에서 깨어나면 골목과 골목의 집들이 모두 먼지가 되어 있는 것이 아닐까 생각하자, 그 골목이 현생의 무늬처럼 느껴졌다.

*

서영이 회의를 하고 싶다는 의사를 밝혔으므로 다 함께 충무로에 들러 촬영 장비를 반납한 뒤 합정의 커피숍으로 이동했다. 커피숍의 또 다른 직원이 칸막이로 분리된 안쪽 자리를 안내해 주었다. 오늘은 밥 대신 술을 사겠다는 서영의 선언에 소율과 은은 내게 묻지도 않고 바로 병맥주 네 병을 주문했다.

다들 다음 신을 걱정하고 있었다. 문주의 흔적을 찾을 수 있는 다른 통로는 보이지 않았고, 여기서 영화를 끝내기엔 분량이 너무 적은 데다 기획 의도와도 맞지 않았다. 여러 의견이 나왔다. 전국에 있는 60대 정우식을 다 찾아보자거나 각종 인터넷 사이트에 내 고아원 시절 사진과 철로에 버려진 사연을 올리자는 무모한 의견들…… 밤이 다가오면서 테이블에는 조금씩 빈 맥주병이 늘어 갔고, 회의는 자연스럽게 흐지부지 종결됐다. 나를 제외한 세 사람이 공평하게 맥주를 나눠 마셨는데도 취한 사람은 서영뿐인 듯했다. 얼굴이 상기된 서영이 내 곁으로 바짝 다가와 앉더니 양이 전혀 줄지 않은 내 몫의 맥주병을 가리키며 원래 술을 못 마시느냐고 물었다. 달콤한 맥주 냄새가 밴 서영의 훈김이 기분 좋게 내 얼굴 위로 번졌다.

"아뇨, 늘 너무 잘 마셔서 문제였죠. 지금은 그냥 참는 거예요."

"왜요, 왜?"

"솔직하게 말해도 돼요?"

"당연하죠!"

"왜냐면, 나는…….."

"……."

"나는 지금, 임신 중이거든요."

말한 순간, 서영이 자리에서 벌떡 일어나더니 손으로 입을 틀어막은 채 화장실 쪽으로 다급히 뛰어갔고 은이 그런 서영을 따라갔다. 서영과 은은 내 말을 아예 못 들었을 테지만 소율은 아닐 것이다. 소율은 아무것도 듣지 못했다는 듯 애써 내 시선을 피했지만 나는 그녀가 순간적으로 흠칫 놀라는 걸 분명 보았다. 의도는 아니었지만, 결과적으로 소율과 비밀을 공유하게 된 셈이다. 화장실에서 돌아온 서영이 또다시 질문을 해 온다면 귀찮은 일들이 생길 것 같아 가방을 챙겨 일어났다. 소율이 배웅을 하겠다며 나를 따라 일어났지만 나는 아이 취급은 싫다고 사양한 뒤 혼자 커피숍에서 나왔다.

서영의 집까지 택시를 타고 가는 동안, 멈췄던 비가 다시 내리기 시작했다. 대기 속 어딘가에 숨겨져 있던 볼륨 장치가 갑자기 작동을 시작한 듯 쏴아 하는 소리가 증폭되어 들렸다. 나는 차창 밖을 하염없이 바라보며 하얀 배꽃이 지붕 위로 떨어지는 역원의 마구간을 상상했다. 빗물이 찰랑찰랑 차오르는 합정의 큰 우물과 아현의 젖어 가는 애기 무덤들도 상상했다. 그런 상상을 이어 가자 서울이 보이는 것 위로 보이지 않는 것이 겹쳐 있는 입체적인 도시처럼 느껴졌다. 보는 각도에 따라 풍경의 선들과 빛의 색깔이 달라지던, 어린 시절 앙리가 선물해 준 워터볼 안의 도시에 들어와 있는 기분이 들었다.

택시에서 내렸을 땐 밤 11시가 다 되어 가고 있었는데도 복희 식당은 아직 불을 밝히고 있었다. 오랜만에 손님도 보였다. 복희와 초로의 남자 손님은 각자 다른 테이블에 앉아 똑같이 고개를 숙인 자세로 똑같은 상표의 소주를 마시고 있었는데,

내 눈에는 그들이 칸막이로 객실이 구분된 야간 기차의 승객들처럼 보였다. 우산을 받친 채 천천히 식당 쪽으로 걸어갔다. 한참 동안 식당 앞에 우두커니 서 있었지만 그 문을 열지는 못했다.

돌아섰다.

스물일곱 개의 계단을 지나 이 세계의 마지막 출구 같은 현관문을 열었고, 서영의 집으로 들어간 뒤엔 그대로 현관문에 등을 기대었다. 현관문 너머는 정해진 시나리오가 있어서 나 같은 이방인은 끼어들지 않아야 비로소 완진해지는 세트장 같다는 생각을 떨치기 힘들었다. 그곳에서 내 역할은 이미 오래전에, 내가 프랑스 국적의 나나로 살게 되면서부터 사라졌을 것이다. 하긴, 문밖의 세계란 언제나 평면으로 펼쳐진 사각형으로 정형화되어 기억되는 곳이었다, 진짜 스크린처럼.

가방 안에서는 휴대폰이 요란하게 울리고 있었다. 휴대폰을 꺼내 통화 버튼을 누르자 익숙한 목소리가 들려왔다. 그사이에 센서등이 켜졌다가 꺼졌고, 꺼진 뒤엔 다시 켜지지 않았다. 스크린의 바깥에서 나는, 리사가 곧 하려는 이야기를 조용히 기다렸다.

8

"나나, 나는 내 삶의 마지막 영화로 우리 가족의 기원에 대해 찍고 싶었어."

쉰여덟 번째 생일에, 누군가 생일 케이크를 들고 나타나기 전, 침대에 비스듬히 누워 있던 앙리는 내게 그렇게 말했었다. 앙리가 들려줄 그 영화의 내용이 앙리 모레노의 유언이 되리란 걸 나는 알 수 있었다. 여름이었지. 앙리는 미소를 지은 채 이어 말했고 나는 앙리의 한 손을 가져와 그 손바닥에 얼굴을 부볐다, 아직 눈도 뜨지 못한 새끼 고양이처럼.

오래전 여름, 서른한 살의 앙리와 서른세 살의 리사는 빛으로 일렁이는 세계 속에 있었다. 도로의 신호등이나 경고등마저 그들을 위해 빛을 발하는 듯 보였고, 아침에 눈을 뜬 순간 창문 틈새로 들어오는 원뿔 모양의 햇빛은 그들의 사랑을 호위하는 자연의 조명 같았다. 그들은 그해 초봄, 생미셸 거리에 있는 서점에서 처음 만났다. 그날 서점 지하에서는 앙리가 카메라 스태프로 참여한 독립 영화가 상영되었는데, 중학교 수학 교사였던 리사는 그 영화를 보러 온 열한 명의 관객들 중 한 명이었다.

리사와 함께 니스로 여행을 갔다가 오래전 영화 공동체의 멤버였던 동료와 조우하기 전까지, 앙리는 그 빛의 세계가 곧 사랑의 영역이라고 믿었다.

동료는 앙리와 동갑으로, 그가 써서 보여 주던 시나리오는 앙리의 이전 시나리오와 몇몇 장면이 겹치곤 해서 앙리는 그와 일할 때도 마음이 편한 적이 없었다. 그는 어느 날 인사도 없이 공동체에서 사라지더니 영화 제작사에 시나리오를 팔았다는 소식을 전해 오는가 하면, 그 무렵엔 제도권이 인정하는 장편영화로 데뷔도 했다. 선착장 맞은편에서 걸어오는 그를 발견한 앙리는 그대로 얼어붙고 말았다. 그쪽에서도 앙리를 알아보고는 웃으며 다가와 악수를 청했다. 앙리는 그에게 리사를 소개할 생각도 못 한 채, 그저 새롭게 촬영에 들어갈 자신의 새 영화에 대해 떠드는 그를 굳은 얼굴로 바라보기만 했다. 그가 떠난 뒤에야 앙리는 리사가 곁에 있다는 걸 깨달았다. 맞잡았던 손은 이미 놓은 채였다. 세계는 암전된 듯 갑자기 캄캄

해졌고, 앙리는 자신의 나체를 인지한 태초의 인간처럼 리사를 똑바로 쳐다보지 못했다.

숙소로 돌아와서도 침묵은 계속 이어졌다. 리사가 먼저 그 침묵을 깼다. 내가 부끄럽다면 헤어지고 싶다는 리사의 말에 앙리는 제발, 리사, 하고 절박하게 속삭였다. 순간적으로 당신을 부끄러워했으므로 지금 몹시 혼란스럽지만 당신을 부끄러워하는 내가 더 부끄러운 것만큼은 분명하다고, 이 부끄러움이 진심이라면 사랑은 아직 유효하다고 믿는다고, 앙리는 등을 보인 채 서 있던 리사에게 고백했다. 리사는 앙리의 말을 의심하지 않았을 것이다. 어쩌면, 단 한 번도 의심 같은 건 하지 않았는지 모른다. 천천히 돌아선 리사는 앙리에게 아이를 갖고 싶다는 소망을 처음으로 밝혔다. 리사가 불임이란 걸 이미 알고 있던 앙리는 그런 리사를 고요히 건너다볼 수밖에 없었다. 빛이 사윈 자리엔 어둠이 빠른 속도로 스며들고 있었으나 어둠까지도 포함하는 사랑의 영역이 진심에 근접하다는 걸, 리사의 눈물을 보며 앙리는 깨달았다. 그날 밤 그들은 두 가지를 결정했다. 입양과 입양할 아이의 이름, 나나. 나나는 그들이 처음으로 데이트를 하던 날, 파리 외곽의 오래되고 허름한 극장에서 함께 본 고다르 영화의 주인공 이름이었다.

＊

"나나, 너는 그렇게 우리에게 왔어."

한 사람의 열망이 도저히 제어되지 않는 질투에 부딪히면서, 두 사람의 사랑의 방식이 전환되는 지점에서, 마지막으로 변두리 극장에서 상영된 흑백영화를 통과하여 나는 이 삶으로 온 것이다. 앙리에게서 들었던 우리 가족의 기원을 리사가 다시 말해 주니 그때 병실에서 앙리가 지어 보인 표정, 그 흡족해하던 말투, 말을 마친 뒤 나를 내려다보던 물기 어린 눈빛이 고스란히 기억이 났다.

휴대폰 너머에서 리사가 다시 말했다.

"너는 여러 우연을 거쳐, 거의 기적에 가까운 확률로 나와 앙리를 만난 거야. 아니?"

"……."

"새 생명이 너에게 그러하듯 너 역시 앙리와 나에게는 소중한 존재야. 지금은 그 어느 때보다 너 자신을 사랑해야 해. 너무 자신을 절제하지 마, 나나……."

"……."

"나나, 앙리와 나는 네가 원하는 것을 숨기려 할 때마다 늘 마음이 아팠어."

"……."

리사의 목소리는 귓속말처럼 편하기만 해서 우리 사이의 거리가 무색할 정도였다. 표준시를 기준으로 한 프랑스와 한국 사이의 시차는 순식간에 제로가 되어 버린 듯했고, 리사가 나의 엄마로 살았던 35년의 세월은 얇은 판 하나로 압축되어 그 매순간이 바로 어제의 일처럼 느껴지기도 했다. 리사가 진심을 전했으니, 이제 내가 리사에게 우주에 대해 말할 차례였다. 일단 우주라는 이름과 그 의미, 그리고 우주가 내게 온 시점과 세상에 나오기로 예정되어 있는 날짜, 내가 한국에 온 이유까지, 나는 차근차근 설명했다. 리사는 프랑스로 돌아오면 몽펠리에로 와서 출산을 하라고, 자신이 곁에 있겠다고 말해 주었다.

통화를 마친 뒤에야 리사가 우주의 생물학적 아버지에 대해 아무것도 묻지 않았다는 것을 깨달았다. 닷새 전에 내 전화를 받은 날부터 그녀는 내게 용기를 주고 싶다는 마음을 기준으로, 하고 싶은 말과 하지 않아도 되는 말을 정리했을 것이다.

센서등이 다시 켜졌다가 꺼졌다. 단역을 전전하던 무렵, 주인공 곁을 지나다니는 역할만 하다가 무대에서 내려와 혼자 분장을 지우던 날들이 떠올랐다. 앙리가 끝내 자신의 영화 한 편 극장에 걸어 보지 못하고 죽는다면 그 분장실이 내 아버지의 삶을 은유하는 공간이 될 거라고, 그때 나는 생각하곤 했다. 나는 앙리의 임종을 지키지 못했다. 앙리가 오로지 리사와

만 남은 시간을 보내고 싶어 했기 때문이다. 쉰여덟 번째 생일 다음 날 퇴원한 앙리는 리사와 함께 몽펠리에로 내려갔고, 그곳에서 한 달을 살다가 죽었다.

앙리는 죽었다.

앙리는 죽었고, 그것은 나와 리사 모두에게 인생의 막(幕) 하나가 끝났다는 것을 의미했다. 우리는 그의 죽음 이전으로 돌아갈 수 없었다. 나는 연극배우로서의 활동을 보류한 채 본 격적으로 극작을 시작했고, 리사는 학교에 사직서를 낸 뒤 앙리의 고향이자 그와의 마지막 여행지였던 몽펠리에로 영구적인 이주를 했다. 몽펠리에에서 그녀는 수학 교사가 아니라 도서관의 청소 직원으로 살았고, 지난 5년 동안 한 번도 몽펠리에를 벗어나지 않았다. 결근이나 지각 없이 충실하게 출근했고 퇴근하면 단골 식당 ─ 젊은 시절의 앙리가 서빙 직원으로 일했던 베트남 식당이었다. ─ 에서 저녁을 먹은 뒤 귀가하는 단조로운 일상의 연속이지만 그 어느 때보다 편하다고, 언젠가 리사는 말한 적이 있었다. 파리에서 나는 그녀가 거의 매일 들른다는 그 베트남 식당을 종종 머릿속으로 그려 보곤 했다. 홍등이 내걸리고 향료 냄새가 주변에까지 퍼져 있는 길 끝의 식당, 거구의 외로운 여자가 들어가면 그제야 조립품처럼 완전해지는 공간, 그곳에 앉아서 식사를 하는 동안엔 어디로든 그녀를 데려갈 수 있는 세계의 작은 조각. 우주가 태어나면 나 역시 그 식당에서 저녁을 먹곤 할 것이다. 몽펠리에로 오라는 리사의 말투는 무심했지만, 내게는 한량없는 안도감을 주었다.

혼자가 아니라는 안도감이었다.

9

"내일 현직 기관사를 만나러 가요. 제 대학 친구의 친오빠인데, 작년부터 철도청 기관사로 일해 왔다고 하더라고요. 내부 주소록 같은 게 분명 있을 테니 정우식 기관사의 주소나 전화번호를 알아내는 건 이제 시간문제예요."

니은자 모양의 바에 앉자마자 서영이 말했다. 여전히 기관사는 닻을 내리지 못하는 조각배에서 건너다본 도시의 조명처럼 희미하고 멀게 느껴졌지만, 나는 서영을 올려다보며 좋은 기회라고 맞장구를 쳐 주었다. 어떻게든 기관사를 추적하여 영화를 완성하려는 서영은 앙리를 떠올리게 했고, 나는 그런 열정이 아무에게나 주어지는 재능이 아니란 걸 누구보다 잘 알고 있었다.

점심을 먹을 시간이었으므로 서영이 바 너머에 마련된 냉장고와 가스레인지를 오가며 토마토소스와 양송이버섯이 들어간 스파게티를 요리해 주었다. 토마토소스에선 공장에서 제조된 표준적인 맛이 났고 양송이버섯은 덜 익어서 서걱거렸지만 나는 금세 접시를 다 비웠다. 서영은 자신의 요리를 나처럼 맛있게 먹어 준 사람이 없었다며 호기심이나 경계심 없이 웃었다. 이틀 전 밤, 서영은 내 고백을 듣지 못한 게 분명했다. 서영에게 그 이야기를 다시 하려다가 그만두었다. 우리 모두가 한 여자의 임신과 출산으로 실존하는 것이고 누구에게든 우주의 존재를 숨길 이유는 없다고 생각했지만, 서영이 내 상황에 부담을 느끼는 건 바라지 않았다.

오늘은 서영이 밤까지 일을 하는 날이었으므로 나는 혼자 커피숍에서 나왔다. 7월 말이 되자 서울은 여름의 한가운데로 이주했고 기온은 연일 최고치를 갈아 치웠다. 태양의 열기는 직선으로 내리꽂혔으며 나뭇잎은 생장의 정점에 오른 듯 짙은 녹색으로 넘실거렸다. 산책을 할 만한 기온과 습도가 아니었기에 나는 지하철역 쪽으로 서둘러 걸어갔다.

서영의 집 근처 과일 상점을 지나가는데 분홍빛이 도는 무른 복숭아가 보였다. 복희 생각이 났다. 어제도, 어제의 어제도, 복희 식당의 문은 닫혀 있었고 나는 복희를 보지 못했다. 내게 복희 식당은 복희의 세계로 이어지는 유일한 통로였으므로 그 문이 닫혔다는 건 관계의 단절을 의미했다. 하긴, 나는 그 단절을 아쉬워하면 안 되는 사람이긴 했다. 복희 덕분에 그토록 바라던 대로 수수부꾸미를 먹을 수 있게 되었지만, 그날 이후 나는 복희 식당에 가지 않았고 식당 근처에선 그녀의 눈에 띄지 않도록 최대한 작은 동작으로 움직였다. 복희가 다시 그 사진을 보여 주며 이것저것 말을 걸어온다면 사진 속 아이의 과거가 복원될 것이고, 나는 그런 종류의 이야기라면 여전히 알고 싶지 않았다.

어느새 복희 식당의 찌그러진 간판이 시야에 들어왔다. 조금 더 걸으니 활짝 열린 문과 그 문을 둘러싼 여러 명의 사람들이 보였는데, 그때부터 응급차의 사이렌 소리가 날카롭게 들려오기 시작했다. 처음엔 슬로우 화면 속인 듯 믿기지 않을 만큼 느리게, 그러다가 조금씩 빨리, 나중에는 거의 필사적으로 나는 뛰기 시작했다. 소용없긴 했다. 복희 식당 앞에 정차해 있던 응급차는 내가 도착하기도 전에 요란한 소리를 내며 큰길 쪽으로 떠나갔던 것이다. 나는 그 자리에 멈춰 선 채 복희, 복희, 연거푸 중얼거렸다.

*

　복희가 실려 간 종합병원을 알려 준 사람은 복희 식당에 채
소를 제공하는 시장 상인이었다. 그녀는 밀린 대금을 받으러
왔다가 쓰러져 있던 복희를 발견한 최초 목격자였다.

　"전화는 안 받고, 문을 두드려도 기척이 없고, 감이 딱 오더
라고. 열쇠 수리공 불러 문을 따고 들어가 봤더니 아니나 다를
까, 할머니가 주방에 딸린 방에 쓰러져 있더라니까. 어떡해, 바
로 119에 전화했지."

　순식간에 말을 쏟아 낸 그녀는 이렇게 어물쩡거리지 말고
어서 병원으로 가서 접수를 하라고 내게 다그치듯 말했다. 그
녀는 반쯤 정신이 나간 표정으로 복희 식당을 향해 달려오던
나를 보고는 복희의 딸이거나 조카일 거라고 여겼던 모양이
다. 나는 복희의 가족이 아니라 복희 식당의 손님일 뿐이라고
밝히자 그녀의 얼굴이 순식간에 어두워졌다.

　"그럼 어쩌나, 보호자가 없으면 수술은커녕 입원도 안 될
텐데⋯⋯. 혹시 할머니 가족에 대해 몰라요?"

　나는 모른다고 대답했고 그녀는 길게 한숨을 내쉰 뒤 어쩌
나, 대금은 어쩌나, 되뇌며 흩어지는 사람들 속으로 섞여 들어
갔다. 사람들이 모두 떠나자 복희 식당 앞은 순식간에 적요해
졌다. 나는 테이블과 의자가 무질서하게 헝클어져 있는 식당

안을 한참동안 들여다보다가 발길을 돌려 택시를 잡았다.

택시에서 내린 뒤엔 곧바로 병원 응급실을 찾아가긴 했지만 입구는 어수선했고 외부인의 출입은 제한되어 있었다. 한동안 갈팡질팡하는데 면회 접수대가 보였다. 접수대 직원에게 방금 전 이태원동에서 응급차에 실려 온 일흔 살 정도의 환자를 찾는다고, 성은 모르지만 이름은 복희라고 밝히자 곧바로 복희라는 환자는 없다는 대답이 돌아왔다. 직원의 말에 따르면 내가 설명한 그 노인 환자는 복희가 아니라 추연희였다.

"추연희요?"

"네, 추연희 님이요. 근데 추연희 환자와는 무슨 관계세요?"

순간 말문이 막혔다. 복희, 아니 추연희에게 나는 누구였던가. 나는 왜 여기까지 한걸음에 달려온 것일까. 응급실 접수대에서 중요한 건, 그러나 그런 식의 회의적인 의문이 아니라 환자와의 확실한 관계일 터였다. 나는 거짓말을 하기로 했다.

"복희, 아니 추연희 환자와 같은 건물에 사는데 지방에 사는 보호자가 제게 환자가 어떤 상태인지 봐 달라고 부탁했어요. 면회, 할 수 있을까요?"

"보호자 부탁으로 왔다고요?"

되물으며, 직원은 서류를 뒤적였다. 직원의 표정이 이내 복잡해졌다. 복희의 보호자와는 아직 연락이 닿지 않았을 것이고, 직원은 보호자 대리를 자청하는 사람과라도 일단 접촉해야 수납이 편리해질 거라고 판단할 터였다. 내가 짐작했던 대로, 잠시 뒤 직원은 서류 한 장을 내게 내밀며 빠른 시일 내에 보호자를 데리고 오라고 당부했다.

서류에 서명을 한 뒤 응급실 안으로 들어서자 독한 약품 냄새와 각종 의료기기의 기계음, 고통을 호소하는 몇몇 환자들의 신음 소리에 압도되는 느낌이었다. 복희 ─ 공식적으로는 추연희라고 해도 내게는 여전히 복희였다. ─ 는 응급실 가장 안쪽 침대에 인공호흡기를 단 채 반듯이 누워 있었고, 침대에 걸린 차트에는 환자명과 함께 'stroke', 그러니까 뇌졸중이라고 적혀 있었다. 복희의 얼굴을 찬찬히 들여다봤다. 아무리 봐도 복희는 머릿속 혈관이 터진 것이 아니라 그저 깊은 잠을 자고 있는 듯 한없이 평온해 보이기만 했다. 나는 복희의 말려 올라간 티셔츠를 끌어내린 뒤 침대 아래 내동댕이쳐진 플라스틱 슬리퍼를 가지런히 정리했다. 복희를 위해 더 많은 것을 해 주고 싶었지만 환자용 침대 외엔 아무것도 없는 곳에서 내가 할 수 있는 일은 더 이상 없었다. 내게는 복희 곁에 오래 머물 자격도 없었다. 객관적으로 나는, 복희 식당에서 단 세 번 식사를 한 적이 있는 손님일 뿐이었다. 그 이름조차 잘못 알고 있었던, 그녀의 삶에서는 그저 지나가는 배역…….

병원을 나와 지하철역까지 걸어가는 동안 진짜 복희가 누구일지 생각해 봤다. 사진 속 아이의 얼굴이 언뜻 떠올랐다.

사진의 바깥에서 나만큼 나이를 먹었을 그녀가 럭키하고 또 럭키한 진짜 복희라 해도, 그녀는 한국에서 불렸던 그 이름을 잊었을지 모른다. 한국에 복희라는 이름으로 식당을 열고 자신의 사진을 틈틈이 들여다보는 누군가가 있다는 것 역시 그녀는 전혀 모르리란 생각도 뒤따랐다. 그런 생각 끝에서, 뇌졸중이라는 병명과 보호자가 없으면 수술도 할 수 없다는 시장 상인의 말이 번갈아 내 마음을 어지럽혔고 걸음은 점점 무거워졌다.

*

서영의 집으로 돌아와 저녁을 챙겨 먹기 위해 냉장고를 열어 식재료를 꺼내는데 냉동칸에 들어 있던 스티로폼 상자가 눈에 들어왔다. 상자 속 수수부꾸미를 접시에 담아 전자레인지로 해동한 뒤 거실로 가져가 테이블 앞에 앉았다. 수수부꾸미를 하나씩 집어먹을 때마다 복희의 표정과 말투가 점점 더 구체적으로 떠올랐다. 내 앞으로 슬쩍 반찬을 밀어 주고 권태롭게 텔레비전을 올려다보고 소주를 마시고 자신보다 가난한 노파에게 담배와 반찬을 나누어 주던, 건강하게 살아 움직이던 복희가…….

마지막 여섯 번째 수수부꾸미를 나는 최대한 오래오래 씹었고, 그마저 목 안으로 삼킨 뒤엔 자리에서 일어나 다시 현관문을 나섰다. 1층으로 내려가 복희 식당의 유리문을 당기니 힘을 들인 만큼 틈새가 벌어졌다. 예상하지 못한 상황에 놀란 열쇠공이 문을 도로 잠가 놓는 걸 잊은 모양이었다. 식당의 임대인이 나타나 조치를 취하기 전까지, 문은 내내 열려 있을 터였다.

식당 안으로 들어가자 적체된 공기에서 익숙한 냄새가 났다. 각종 그릇들, 그리고 칼과 국자, 냄비 같은 조리 도구에 배어든 복희의 체취일 거라고 나는 생각했다. 곧장 주방 쪽으로 걸어갔다. 주방 입구엔 별다른 문이 없었지만 주방 안쪽 냉장고 옆에는 간유리로 된 미닫이문이 설치되어 있었다. 주방에 딸린 방에서 쓰러진 복희를 발견했다고, 시장 상인은 분명히 그렇게 말했다. 그녀의 말대로라면 복희의 생활공간은 저 미닫이문 너머에 있는 것이다. 실제로 그 문을 열자 방과 화장실이 마주한 좁은 통로가 나왔다. 내가 복희에 대해 몰랐던 것이 하나 더 늘어난 셈이다. 나는 복희가 식당 안쪽 공간에서 생활해 왔다는 걸 상상도 하지 못했으니까.

신발을 벗고 방으로 들어갔다. 형광등은 전원 스위치를 눌러도 몇 번 깜박이다가 꺼져 버리고 말았지만, 대신 낮은 선반 위에 놓인 스탠드는 바로 켜졌다. 옅은 주황빛이 방 전체로 퍼져 나가자 비닐 옷장과 플라스틱 수납장, 못에 걸린 남루한 옷들과 한쪽 날개가 부서진 선풍기 같은 것이 한눈에 다 들어왔다. 스탠드 옆에는 투박한 용기에 담긴 스킨과 로션, 뚜껑이 없는 립스틱과 손자국이 가득 묻은 거울, 충전기에 연결되어 있는 폴더형 휴대폰이 차례로 놓여 있었다. 방 안을 천천히 훑던 눈길이 어느 순간 한곳에 멈췄다.

이불 위에 펼쳐진 가계부였다. 쭈그리고 앉아 가계부를 들여다봤다. 두툼한 가계부는 글자들로 빼곡했는데, 복희가 그 가계부에 마지막으로 기입한 건 '복순 기일'이라는 메모와 떡, 녹두 가루, 배, 사과 같은 단어들, 그리고 휘갈겨 쓴 숫자들이었다. 바로 휴대폰 안의 사전에 '기일'을 쳐 보았다. 기일이란 사람이 죽은 날이자 죽은 자와 친분이 있는 사람들이 그 죽음을 기억하는 날이라고 사전에는 나와 있으니, 복순이라는 사람은 복희와 친분이 있고 이즈음의 어느 날에 죽었다는 걸 유추할 수 있었다. 물론 가장 의미심장한 건 복희, 연희, 복순, 한 글자씩 겹쳐지는 이 이름들이었다. 혹시 이 패턴이 복희의 지난 삶을 꿰뚫는 단서인 걸까. 그럴 수도 있다고 생각하자 복희의 삶이 하나의 거대한 수수께끼처럼 느껴졌다. 수수께끼, 속삭이며 나는 이불 위로 몸을 뉘였다. 이불에서는 복희의 또 다른 냄새가 났다. 그건, 땀과 눈물이 혼합된 냄새인지도 몰랐다. 해가 졌는데도 방 안의 더운 공기는 식혀지지 않았고 창밖의 벌레들은 사력을 다해 울고 있었다. 주황빛이 번진 낮은 천장을 가만히 올려다보는데, 흙에 묻힌 지하의 관 속에서 시간과 함께 응고되어 가는 영혼의 외로움이 상상됐다. 해가 뜨면 사라질, 한낱 빛의 입자로 축약된 생을 내려다보는 바로 나의 영혼이……. 그래서였을까.

그래서, 그 시절이 떠올랐을까.

끊임없이 죽음만을 생각하던 날들이 있었다. 대학 시절 심리 상담을 받은 이후였다. 상담 시간은 불과 30분에 지나지 않았지만, 그날 이후 거의 3년 동안 나는 단 하루도 상담사의 말을 잊지 못했다. 상담사의 진단대로 내가 철로에 버려지기 전에 감당하기 힘든 환경에 방치되거나 학대받은 게 사실이라면, 나를 구성하는 그 최초의 세포는 분명 비참한 상황에서 빚어졌을 거라는 생각이 내 모든 정신을 지배했다. 그러니까 돈이 오가거나 폭력적인 상황에서 오로지 생리적인 행위로 생겨난 아이, 아무도 환영하지 않는, 초대장 없이 이 세계로 건너온 불청객……. 어쩌면 내내 그렇게 생각해 왔는지도 몰랐다. 상담은 그저 일종의 기폭제처럼 애써 모른 척했던 가능성을 확신으로 이끌었던 것뿐인지도.

배우가 된 건 그런 생각에서 벗어나고 싶어서였다. 연기를 하는 동안만큼은 다른 사람으로 다른 생을 살 수 있다는 게 나는 마음에 들었다. 아니, 무대야말로 내게 주어진 생에서 도망칠 수 있는 유일한 돌파구였다. 동양인 배우가 주인공이 될 확률은 제로에 가깝고 연극이 끝나면 다시 현실이 시작된다는 걸 잘 알았지만, 무대의 시간마저 없다면 아무것도 견딜 자신이 없었다. 다행히 세월은 성실하게 흘렀고 나는 죽음만을 생각하던 시절로부터 조금씩 멀어져 갔다. 그렇게, 믿었다. 믿었지만, 어떤 날에는 여전히 죽음이라는 그늘 밑에 있기도 했다, 가령 오늘 같은 날. 그 순간, 우주에게 곧 간뇌가 생길 것이며 그렇게 되면 내 감정을 우주도 느끼게 된다던 의사의 말이 떠올랐다. 나는 우주의 몸 안으로 아무런 감정도 흘러들게 하지 않겠다는 듯 발끝까지 힘을 주었다. 저절로 주먹이 쥐어졌고 손등의 뼈는 동그랗게 부각됐다. 그렇게 꽉 죄어진 상태로 자리에서 그만 일어나려는데, 돌연 배에서 꿀렁이는 소리가 나더니 지극히 물리적인 움직임이 배 안쪽을 쓰윽 지나갔다. 예상하지 못한 잽에 놀란 복서처럼 나는 그대로 얼어붙었다. 움직임은 짧아졌다가 길어졌고 어느 순간부터 조금씩 잦아들었다. 조심스럽게 옆으로 돌아누우며 활처럼 몸을 안으로 만 채 두 팔로 배를 감쌌다. 몸 구석구석을 죄던 나사가 한꺼번에 풀어지는 느낌이었다. *살아 있다는 너의 신호, 세계를 향한 노크, 내게 가장 필요한 순간에, 가장 듣고 싶었던 말을 건네는 작은 몸의 언어.*

첫 태동이었다.

126

10

엘리베이터에서 내리자 매표소 앞에 서서 주위를 두리번거리는 소율이 보였다. 내 전화를 받고 마중을 나온 것일 터였다. 늘 중성적인 옷차림을 고수하던 소율이 넥타이가 달린 흰 셔츠에 검은색 스커트를 받쳐 입고 있어서인지 처음 보는 사람인 양 낯설기만 했다. 다가가 평소와 달라 보인다는 말로 인사를 대신하자 소율은 자신도 극장 유니폼이 매번 낯설다며 멋쩍다는 듯 웃었다.

소율의 일을 방해하고 싶지 않았지만 결과적으로는 방해가 되고 말았다. 소율은 이미 다른 직원에게 자신의 일을 부탁해서 30분 정도 시간을 빼 놓았던 것이다. 나는 소율을 따라 건물 옥상으로 올라갔다. 옥상에는 정원처럼 꾸며 놓은 별도의 휴식 공간이 있었는데, 소율이 자주 들르는 곳이라고 했다. 소율과 나는 난간 쪽 벤치에 나란히 앉아 요즘의 날씨, 내가 오늘 보려는 영화에 대한 세간의 평가, 소율이 하는 티케팅 아르바이트에 대해 느긋하게 대화를 나누었다. 잠시 침묵이 흘렀고, 나는 그녀에게 생활비를 헌납하면서까지 영화 촬영을 하는 이유가 궁금하다고 말했다. 언젠가 서영이 영화를 찍을 때면 감독뿐 아니라 스태프까지 돈을 모아야 한다고 말했던 게 기억났던 것이다. 서영과 소율은 정식 직업을 갖는 대신 파트타임 직원으로 일하며 비상업적인 영화를 찍고 있었고 은은 제대 후 진로를 결정하지 못한 채 방황 중이라고 하니, 그들에게는 적은 돈이라도 큰 부담이 될 터였다.

"그게⋯⋯."

소율은 난처한지 뒷머리를 긁적였지만 이내 단단함이 읽히는 표정으로 대답했다.

"그게, 그러니까⋯⋯ 영화가 끝나고 엔딩 크레디트에 이름이 올라오는 순간이 있잖아요. 그 순간이 좋아요. 살아 있다는 느낌이랄까요. 비록 돈도 못 벌고 벌어 봤자 영화 찍는다고 다 쓰고 있지만, 아직까지는 그걸로 모든 것이 보상되는 것 같아요. 물론 언제까지 이렇게 살 수 있을지는 저도 잘 모르겠지만요."

소율의 말은 복희 식당의 간판을 떠올리게 했다. 복희에게 그 식당은 직장이었고, 동시에 일생을 통과하여 당도한 혼자만의 거주지였다. 노동과 재산, 시간을 모두 쏟아 부은 그 식당에 복희라는 이름을 새긴 행위도 살아 있다는 발신의 의미였을까. 복희의 살아 있음, 내게는 복희지만 공식적으로는 추연희인 그녀에게는 그 행위 자체가 자신의 존재를 증명하는 방식이었던가. 그것으로 그녀는 고단한 삶을 보상받았을까.

"지내기 힘들진 않으세요?"

생각에 잠겨 있던 내게 소율이 물었다. 아마도 소율은 내 건강을 걱정하는 것일 터였다. 나는 전혀 힘들지 않으며 모든 것이 평화롭다고 대답했다. 한국행은 즉흥적인 선택이었지만 후회하지 않는다고, 누구의 도움 없이 이 시기를 잘 지나갈 것이며 적어도 9월에는 프랑스로 돌아가 출산을 준비할 거라고, 마치 내게 부담을 가질 필요가 없다는 것을 알아 달라는 듯 두서없이 말을 쏟아내기도 했다. 소율이 그런 나를 물끄러미 바라보더니 편하게 생각해 달라고 말했다. 감독과 스태프는 배우를 보호할 의무가 있으니 도움이 필요할 때는 언제라도 도움을 요청하라고, 아니 그래야 한다고, 이번에도 그 특유의 단단한 표정으로 그녀는 말을 이어 갔다.

"우리가 불편할까 봐 조심하시는 거 알지만, 서영 언니나 은 선배도 상황을 알면 저처럼 말할 거예요."

소율은 그렇게 확신했고, 나는 그제야 그런 말을 듣고 싶었던 내 본심을 천천히 인정했다. 곧 영화가 시작될 시간이어서 우리는 옥상에서 내려왔다. 상영관으로 들어가기 전, 원래 자리로 돌아가 사람들의 티켓을 확인하고 안내하는 소율의 모습을 멀리서 바라봤다. 용산에 있는 수두룩한 극장을 두고 이곳 종로까지 와서 영화를 보기로 한 건, 사실 객관적인 시선을 가진 타인에게 복희 이야기를 하고 싶어서였다. 복희의 남은 삶에 개입해야 하는 건지, 아니면 그 이름조차 잘못 알고 있었던 타인답게 복희에게 일어나는 그 어떤 일이든 모른 척해야 하는 건지 나는 판단할 수 없었다. 내가 한국에서 사귄 친구라곤 서영과 소율, 은뿐인데 소율은 서영보다 어른스럽고 은보다는 고민을 말하기가 편했던 것이다. 소율은 모르겠지만, 오늘 그녀의 말은 내게 중요한 사실 하나를 환기시켜 주긴 했다. 바로 복희가 내 삶에 개입한 배우라면 내게도 복희를 보호할 의무가 있다는 사실을. 보호, 그건 앙리와 리사, 그리고 정우식 기관사가 내게 취한 태도이자 행동이기도 했다. 그러니까 하나의 생명을 외면하지 않고 자기 삶으로 끌어들이는 방식…….

갑자기 한 무리의 사람들이 소율 쪽으로 몰려오면서 소율의 손길이 빨라졌다. 가만히 소율을 건너다보는데 문득 생각나는 게 있어 가방을 뒤적여 보니, 역시나 일주일 전에 병원에서 받은 수첩이 손에 잡혔다. 수첩을 펼쳤다. 빈 공간으로 남겨 두었던 태명 란에, 그리고 나는 천천히 '소율'이라고 썼다.

우주는 세상에 나오기 전까지 작은 밤나무로 존재하게 되는 것이다. 태명이 마음에 들었는지 또다시 배 안쪽에서 움직임이 느껴졌다. 첫 태동 이후, 우주는 그렇게 시시때때로 자신의 살아 있음을 내게 상기시켜 주곤 했다.

*

그새 복희는 응급실에서 중환자실을 거쳐 일반 병실로 옮겨져 있었다. 다행히 내 얼굴을 기억한 접수대 직원은 그사이에 추연희 환자의 보호자가 찾아와 입원 수속을 마쳤다는 소식을 전해 주었다. 직원은 내가 보호자에게 따로 연락한 덕분에 수납이 됐다고 생각했는지 처음 봤을 때보다 부드러운 표정으로 입원실의 호수를 알려 주기도 했다. 직원에게 묻고 싶은 게 더 있었지만, 무엇보다 복희의 상태가 궁금했지만, 접수대 앞으로 사람들이 계속해서 몰려들었으므로 나는 고맙다는 말만 겨우 남긴 채 발길을 돌려야 했다.

병실 건물은 응급실 맞은편에 있었다. 복희의 병실은 13층에 있는 2인실이었는데, 막상 병실에 가 보니 문 앞의 침대는 비어 있었고 복희 혼자만 창가 침대에 누워 있었다. 나는 복희의 침대 쪽으로 한 발 한 발 다가갔다. 복희의 몸에는 투명하거나 불투명한 줄이 여러 개 달려 있었는데, 그중 하나는 소변 팩과 연결되어 있었다. 앙리도 저런 모습으로 병실에 누워 있던 적이 있으므로 낯설지는 않았다. 코와 팔에 연결된 줄로는 각각 음식물과 약이 투여되고 배 밑의 줄에서는 오줌이 배출되고 있다는 것도 이미 오래전에 학습한 것이었다. 내 몸으로 들어가고 내 몸에서 나오는 게 이렇게 한꺼번에 다 보이니까, 나나, 나는 꼭 입구와 출구가 분명한 원통 모양의 단세포 생명체가 된 것 같아, 라고 말하며 쑥스럽게 웃던 앙리의 얼굴이 어제 본 듯 선명하게 떠올랐다.

마침 복희의 새 환자복을 들고 병실로 들어온 간호사가 필요 이상으로 나를 반기며 환자의 가족이냐고 물었다. 가족이 아니라 친분이 있는 이웃이라는 애매한 대답을 내놓자 간호사는 곧바로 아쉬워하는 표정을 지어 보였다. 표정이 풍부하고 앳되어 보이는 간호사였다.

"추연희 환자는 이제 어떻게 되나요?"

어느새 간호사 곁에서 복희의 환자복을 갈아입히는 일에 동참하게 된 나는 초조한 마음으로 물을 수밖에 없었다.

"수술을 받아도 깨어날 확률이 낮다는 담당 선생님의 소견이 있었어요. 게다가 환자분이 연명 치료를 거부하는 서류를 미리 작성해 놓으셨더라고요. 그럼 심폐 소생술을 시도할 수 없거든요. 인공호흡기도 보다시피 이미 제거했고요. 이런 상태라면 한두 달도 버티시기 힘들 거예요."

"그럼, 그 한두 달 동안 누가 추연희 환자를 보살펴 주죠?"

"저야말로 그게 궁금해요. 환자분을 위해 요양원이나 호스피스 병동에 옮기는 게 나을 텐데 보호자는 그 과정이 귀찮은지 병원을 찾아온 날 이후로는 전화도 받지 않네요."

"보호자라면, 가족인가요?"

"직계 가족은 아니고요, 여동생이라고 하더라고요."

간호사의 말에 따르면, 추연희의 여동생 — 여동생의 이름이 복희는 아니라고 했다. — 은 입원 수속을 마치자마자 간호사실을 찾아와 추연희 환자의 사망보험금으로 수납한 병원비를 돌려받아야 하니 서류를 잘 챙겨 놓으라고 요구했고, 간병은 병원에 소속된 공동 간병인에게 일임하고는 급하게 병원을 떠났다. 이럴 때 의료진은 가장 난처하다고 간호사는 이어서 말했다. 의식이 없는 환자가 보호자나 상주 간병인도 없이 혼자 병실에 방치되어 있어서 신경이 쓰인다고, 누군가 병실을 지키며 환자의 호흡 상태만이라도 체크해 준다면 아무도 모르게 환자 혼자 임종을 맞는 일은 막을 수 있을 거라고, 오늘 처음 만난 내게 길게 하소연을 하기도 했다.

간호사는 허물처럼 벗겨진 복희의 환자복을 들고 곧 병실을 나섰다. 복희를 내려다보았다. 복희의 호흡을 눈여겨 살피며 죽음의 전조를 읽는 것은 단순한 문병이나 일시적인 보호가 아니었다. 그건, 하나의 생명이 세상에서 떠나가는 과정을 지켜보고 사람들에게 알리는 역할을 떠맡는다는 의미였다. 그러니까 세상으로 오는 우주를 위한 증인과는 반대 방향의 역할……

이상했다. 우주를 생각하자 이상하게도 순식간에 주저하는 마음은 사라지고 결심이 굳혀졌다. 뒤늦게 나는 병실에서 뛰쳐나가 간호사를 불러 세웠다. 나를 향해 돌아서는 그녀에게, 그리고 나는 틈날 때마다 병실에 와서 추연희 환자의 상태를 확인하겠다고 서둘러 말했다. 서두르지 않으면 금세라도 마음이 바뀔까 봐 내심 걱정했던 것인지도 모르겠다. 간호사는 내 말에 반색하며 환자에게서 이상 기류를 발견하면 언제든지 의료진을 호출하라고 일러 준 뒤 떠났다.

다시 복희 곁으로 걸어가 흐트러졌던 침대 시트를 정리하는데 백순두부탕과 동치미 국수, 그리고 수수부꾸미가 차례로 떠올랐다. 혀와 소화기관과 내 마음의 어떤 부위를 자극하기도 했고 감싸기도 했던 그 맛…… 돌이켜보니, 복희는 내게 늘 음식을 해 주었다. 지금껏 살아오면서 그녀만큼 내 입에 들어가는 것에 관심을 가져 준 사람은 없었다. 복희의 음식은 하나같이 맛있었고 이곳이 나의 고향이자 친정이라는 것을 실감하게 했다. 기적처럼 복희가 깨어나 내게 왜 여기에 있느냐고 묻는다면 나는 그 음식들을 나열할 생각이었다. *그것만으로도 이곳을 지키게 된 충분한 이유가 되었노라고, 왜냐하면 너를*

자라게 했으니까, 그 음식이 너의 피와 뼈를 구성하는 성분이 되었으니까.

*

병원을 나와 서영의 집으로 돌아가는 버스 안에서 가슴과 배에 걸쳐 아기 시트를 두른 내 또래 여자를 보게 되었다. 자연스럽게 그녀 쪽으로 발길이 갔다. 그녀 앞에 서서 시트 안에서 잠든 아기의 둥근 머리와 통통한 양쪽 뺨을 내려다보는데, 어느 순간 그녀와 눈이 마주쳤다. 그녀는 이제 5개월 된 아기라며 스스럼없이 말을 걸었다. 1년 후의 우주를 상상하며 나는 웃고 말았는데, 부드러운 눈길로 내 몸을 훑은 그녀가 몇 주째냐고 물었을 때는 깜짝 놀라고 말았다. 얇은 티셔츠 위로 완만히 배가 나와 있긴 했지만 눈여겨보지 않는다면 감지할 수 없는 수준이었다. 17주차로 접어들었다고 대답하자 그녀는 날짜 수에 비해 티가 나지 않는 편이라며 걱정을 내비치더니, 잠시 뒤엔 마치 나의 자매인 양 무조건 많이 먹으라고 타이르듯 말했다.

"무거운 것도 들면 안 되죠?"

그녀처럼 스스럼없이 묻자, 그녀는 그건 기본 중의 기본이라고 대꾸했다.

버스는 곧 서영의 집 근처 정류장에 정차했고 나는 그녀와
그녀의 아기에게 인사를 건넨 뒤 버스에서 내렸다. 오르막길
을 따라 한참을 걷다가 서영의 집이 있는 골목으로 접어드니
불 꺼진 복희 식당에서 전기밥솥을 들고 나오는 낯익은 노파
가 보였다. 복희가 담배와 반찬을 챙겨 주던 그 노파였다. 식
당 앞 그녀의 수레에는 이미 냄비와 프라이팬, 여러 그릇들이
허술하게 담겨 있었다. 주인이 아픈 틈을 타서 물건들을 몰래
가져가는 행위는, 아무리 친구 사이라 해도 명백한 범죄라고
나는 생각했다. 불쾌한 기분에 잰걸음으로 노파에게 다가가는
데 문득 복희를 향해 복희야, 라고 부르던 노파의 목소리가 귓
가에서 되살아났다. 복희라고 불린 순간 자연스럽게 자리에서
일어나 노파를 반기던 복희의 모습도 뒤이어 기억이 났다.

복희는 왜 연희가 아니라 복희라고 불렸던 걸까. 그녀의 주
변 사람들 모두 그녀를 복희로 알고 있는 것은 아닐까. 내가
이름을 물었다면 그녀는 내게도 자신을 복희라고 소개했을 것
인가. 궁금했지만, 복희가 깨어나지 않는 이상 답을 알 수 없
는 의문들이었다. 그사이 노파는 복희 식당에서 떠났고 식기
가 한데 엉켜 달그락거리는 소리도 점점이 멀어져 갔다. 노파
를 따라가 따질 의욕은 생기지 않았다. 복희에게 남은 시간은
고작 한두 달 정도였고 복희의 여동생은 유산을 받을 자격이

없어 보였다. 오랜 세월 쓴 주방 용품이 유산 목록에 들어갈 것 같지도 않았다.

　나는 복희 식당으로 들어가 익숙하게 주방 안쪽 간유리 문을 열었다. 휴대폰 벨소리는 간유리 문이 열린 직후부터 들려오기 시작했다. 방에서 복희의 휴대폰이 쉬지 않고 울려 대고 있었지만 무턱대고 전화를 받을 수는 없었다. 누구냐고 묻는다면 내놓을 적당한 대답이 없었고 복희의 상태를 설명하는 과정은 피곤하기만 했다. 벨소리를 무시한 채 방과 화장실을 오가며 복희가 쓰던 속옷과 수건을 가방에 담았고 칫솔과 치약과 비누를 챙겼다. 속옷이니 수건이 따로 필요할 것 같지 않았고 소모품은 끝내 소모되지 않으리란 걸 예감하면서도 나는 복희에게 필요한 것을 더, 더, 생각해 내려고 애썼다. 어느새 볼록해진 가방을 들고 방을 나서는데 잠시 끊겼던 벨소리가 또다시 울렸다. 우두커니 서서 복희의 휴대폰을 내려다보며, 이 시간에 끊임없이 복희를 찾는 사람이 누구일지 나는 잠시 생각했다.

11

조명이 거의 다 꺼진 병원 복도에서 음료수 자판기는 행성처럼 은은하게 빛났다. 서영이 자판기 쪽으로 다가가자 그 주변에 고여 있던 불빛이 헝클어졌고 동전이 떨어지는 소리는 평소보다 크게 들렸다. 잠시 뒤 서영은 커피가 든 종이컵을 들고 와 내게 건넸다. 나는 벽에 기댔던 몸을 바로 한 뒤, 기침을 참아가며 한 모금씩 커피를 마셨다. 오랜만에 마시는 커피였다. 어두운 복도 저편으로는 서영과 내가 번갈아 커피를 마시는 소리가 물결처럼 길게 퍼져나갔다.

조금 전까지 서영은, 지난 닷새 동안 있었던 일들을 내게 차근차근 전해 주었다. 그 이야기는 서영이 대학 친구의 오빠로부터 정년퇴임한 기관사들의 연락처가 다수 포함된 내부 주소록을 얻게 된 시점부터 시작되었다.

주소록을 손에 넣기까지 초조한 기다림이 지속됐지만, 막상 펼쳐 본 그 주소록에 정우식이란 이름은 없었다. 서영은 당황했으나 이내 마음을 다잡고 주소록 명단에서 예순 살 이상의 기관사들을 한 명 한 명 추려 일일이 연락을 시도했다. 쉽지는 않았다. 전화번호가 바뀌거나 아예 결번인 경우가 적지 않았고, 가까스로 통화가 연결되어도 무슨 말부터 해야 할지 막막하기만 했다. 혹시 정우식 기관사를 아시나요? 1983년에 청량리역 철로에서 발견된 여자아이에 대해 들어 보신 적 없는지요? 정문주라는 이름은요? 서영이 할 수 있는 건 촬영 중인 영화를 간단하게 소개한 뒤 그렇듯 준비해 놓은 질문을 던지는 것뿐이었는데, 돌아오는 대답은 대체로 불투명하고 불친절했다. 이제는 더 이상 기관사도 아닌 사람한테 왜 그런 걸 묻느냐며 불쾌히 반응하는 사람도 있었고, 어떻게 번호를 알고 전화를 했느냐고 캐묻는 사람도 있었다. 전화 한 통을 끝내고 나면 강렬한 사운드의 음악을 들으며 마음속에 남은 어색함과 쑥스러움을 쓸어내야 했다. 그만둘까. 그런 마음이 불쑥불쑥 치밀때마다 서영은 이 영화를 위해 프랑스에서 한국까지 온 배우를 생각했다. 겁도 없이 철로로 내려가 마분지를 활짝 펼쳤던 그 배우의 단호했던 표정과 함께. 서영은 도무지 단념할 수 없었다. 아니, 단념하고 싶지 않았다. 수십 번의 시도 끝에, 정우식 기관사를 잘 안다는 사람과 통화가 연결된 순간, 이미 지칠 대로 지쳐 있던 서영은 저도 모르게 환호성을 지를 뻔했다.

그의 이름은 최창룡이었고, 정우식 기관사와는 선후배 관계로 오랜 세월 함께 일했다고 했다. 그는 정우식이 철로에서 아이를 구했던 그날도 기억하고 있었다. 초짜 기관사 시절, 그러니 아마도 1983년쯤에, 정우식 기관사가 서럽게 울던 여자아이를 역 안의 숙직실에 데려온 적이 있다고, 작고 깡마른 아이였다고, 정우식은 다시 기차를 운전하러 가야 했으므로 다른 기관사들이 우는 아이를 달래 주려고 먹을 것과 장난감을 사 오기도 했다고, 그런 날이 분명 있었다고, 그는 차근차근 말을 이어 갔다. 서영은 휴대폰을 두 손으로 감싸들고 몇 번이나 감사하다고 말하며 울먹였다. 그날의 일을 잊지 않은 휴대폰 저편의 최창룡 씨를 향한 인사인 동시에, 오래전 생명을 구한 정우식 기관사에게 전하고 싶은 말이기도 했다.

"그럼, 정우식 기관사님 연락처를 알 수 있을까요?"

울먹임이 다소 가라앉은 뒤에 서영은 조심스럽게 물었다. 침묵이 흘렀다. 가슴이 터질 것만 같았다.

*

　정우식 기관사는 5년 전 지병으로 세상을 떠났다고 최창룡 씨는 말했다. 그 이야기를 들은 순간, 나는 여름이라는 계절을 배반하는 강렬한 추위를 느꼈다. 어깨가 저절로 안으로 말렸고 기침이 터져 나오기도 했다. 내 외로움을 대신 연기할 가상의 배우가 필요했다. 여름의 한가운데서 서서히 결빙되어 가는 상상 속 배우에게 외로움을 투사하려 했지만, 이번엔 그런 식의 전가가 제대로 이루어지지 않았다. 때때로 습관은 뜻대로 작동되지 않는 것이다. 나는 벽에 머리를 기댄 채 현실을 뚫고 엄습한 가짜 추위가 어서 빨리 지나가기만 기다렸다. 서영이 자판기 커피를 빼 온 건 그때였다.

　따뜻한 것을 마셔도 추위는 가시지 않았다. 내 마음 깊은 곳에서 생성된 추위여서 그럴 터였다. 커피를 반쯤 비우고 나자 그제야 서영의 걱정스러운 얼굴이 보였다. 최창룡 씨로부터 정우식 기관사의 납골당 주소를 알아 놓았다고, 내가 준비가 되면 언제라도 그곳에 갈 수 있으며 그때는 자신도 동행하겠다고 서영이 말했으므로 나는 가까스로 웃었다. 잠시 뒤, 서영이 다시 말했다. 뜻밖의 소식에 절망했지만, 걱정과 기대가 뒤섞인 마음으로 최창룡 씨에게 이렇게 물을 수밖에 없었노라고……

"정우식 기관사님이 철로에서 구한 그 아이한테 문주라는 이름을 지어 준 거, 혹시 알고 계신가요?"

최창룡 씨는 하도 오래전 일이라 이름은 가물거리지만 정우식 기관사가 1년 가까이 그 아이를 보살펴 준 건 알고 있다고 대답했다. 그에게서 그 아이의 커 가는 과정과 즐거운 일화들을 듣던 시절이 있었다. 대체로 흐뭇한 마음으로 듣곤 했지만, 때로는 생각이 복잡해진 것도 사실이었다. 최창룡 씨의 말에 따르면, 그 무렵 정우식에게는 결혼을 약속한 연인 ― 그리고 그녀는 훗날 그의 아내가 된다. ― 이 있었다. 서른한 살의 혼기 꽉 찬 남자가 연고 없는 미아를 데려와 보살펴 주는 상황이 그의 어머니나 미래의 아내, 그리고 아내의 가족에게 달가울 리 없었다. 최창룡 씨 역시 정우식 기관사에게 식 올리기 전까지는 전문적인 시설에 아이를 보내야 하지 않겠느냐고 조언한 적이 있었다.

정우식 기관사가 결혼을 앞둔 상태였다는 건 전혀 알지 못했다. 하긴, 그때 나는 어른들의 계획을 눈치채고 이해할 만한 나이가 아니었다. 뒤늦게 궁금해지긴 했다. 그는 젬마 수녀의 추정대로 결혼 후 생활이 안정되면 아내를 설득하여 정식으로 나를 입양하려 했을까. 언젠가 태어날 자신의 아이들과 내가 허물없이 어울려 지내는 모습을 상상했던가. 그럴지도 모른다. 정문주라는 이름 자체가 그의 그런 마음을 대변하는 증표라 해도 무방할 터였다. 그러나…….

그러나, 그 모든 것은 가능성일 뿐이었다. 그는 내 삶이 영사되는 스크린의 바깥으로 사라진 이후 다시는 등장한 적이 없으므로, 게다가 5년 전부터는 이 세계라는 스크린 안으로도 들어올 수 없는 사람이 되었으므로, 이제 그의 진심을 판정할 근거는 어디에도 없었다.

영원히.

"아무튼 내 이거 하나는 확신합니다."

최창룡 씨가 짐짓 강건한 목소리로 말을 이어 갔다.

"청량리역에서 접수된 아동 실종 신고가 없다는 걸 확인한 뒤로, 그러니까 부모가 찾지 않는 아이란 게 확실해진 이후부터 우식이 형님이 무척 신중하게 고아원을 골랐다는 것 말입니다. 비번 날이면 경찰서에서 지정해 준 고아원뿐 아니라 괜찮다는 소문을 들은 고아원에 몰래 찾아가서 혼자 조사도 하고 그랬소. 그때만 해도 애들을 학대하는 무허가 고아원이 흔했지. 신문에도 기사가 심심찮게 났고. 그런 몹쓸 고아원에는 아이를 맡기지 않으려고 형님 딴에는 애를 쓴 겁니다."

그 말에, 서영은 조금이나마 안도할 수 있었다.

잠시 뒤 서영은 최창룡 씨에게 자신의 영화를 다시 설명했고 괜찮다면 인터뷰를 하며 촬영도 하고 싶다는 의사를 전했다. 최창룡 씨는 정년퇴직과 함께 귀농하여 작은 과수원을 일구며 살고 있는데 일손이 바빠 하루도 자리를 비울 수가 없다고, 자신 대신 정우식 기관사의 아내를 만나는 게 이치에도 맞으니 연락을 해 보라며 전화번호를 알려 주었다.

최창룡 씨와 통화를 마친 뒤 서영은 전달받은 그 번호로 바로 전화를 걸었다. 정우식 기관사의 아내는 카메라 앞에 서는 것이 어색하다며 완곡하게 거절했지만, 마침 통화가 연결됐을 때 그녀 곁에 있던 맏딸이 관심을 보여 촬영 약속을 잡게 됐다. 내일 오전 10시, 서영이 일하는 합정의 커피숍에서였다.

"있잖아요, 왜, 사진의 접힌 부분 같은 거, 펴 본 뒤에야 전체 숏의 중요한 일부였다는 걸 알게 되는…… 내일 만남이 그런 과정일 수도 있을 거예요."

긴 이야기 끝에서 서영이 그렇게 말했을 때, 나는 할 수 있는 게 그것뿐이라는 듯 연이어 고개만 끄덕였다.

*

서영과 나는 곧 의자에서 일어나 엘리베이터 쪽으로 나란히 걸어갔다. 엘리베이터 안에서 서영은, 내게서 복희 식당 할머니의 병실을 지키고 있다는 이야기를 듣고 무척 놀랐노라고 말했다. 복희와 오랫동안 이웃으로 지냈으면서도 관계가 서먹

했던 서영으로선 충분히 놀랄 만한 일이었다. 서영에게 복희와의 인연을 간단하게 설명하는 동안, 엘리베이터가 로비에 도착했다.

"제 생각에는요, 딱 세 번 그 식당에서 식사한 게 인연의 전부라면 이렇게 이틀 연속 병실을 지킬 필요는 없지 싶어요. 가끔 문병만 와도 충분할 것 같은데……."

어쩐지 못마땅하다는 말투로 서영은 말했다. 내 선택을 이해하지 못하는 서영을, 나는 이해할 수 있었다. 나 역시 복희의 상태를 살피고 그 호흡에 유의하며 병실을 지키고 있는 이 상황이 때때로 믿기지 않았다.

"참, 근데 그 할머니 이름, 복희 아니지 않아요? 병실에 다른 이름이 적혀 있는 걸 봤거든요."

병원 출입문 앞에서 서영이 고개를 갸웃거리며 물었다.

"나도 그게 참 이상해요. 그녀의 본명은 추연희인데, 왜 동네의 다른 할머니는 그녀를 복희라고 불렀던 걸까요? 게다가 식당 이름도 복희 식당이잖아요."

"혹시 딸 이름인가."

"딸이요?"

"한국에서는 상호에 본인이나 자식의 이름을 넣는 게 흔한 일이고, 우리 윗세대는 자식이 있는 여자를 자식의 이름으로 부르기도 했거든요. 우리 엄마도 제가 어렸을 때는 동네 사람들한데 서영으로 불리곤 했는걸요. 서영아, 이리 와 봐, 서영아 어디 가? 이런 식으로요."

"......!"

서영은 크게 휘청거리는 내 마음을 눈치채지 못한 듯 심드렁하게 설명하고는 앞장서서 로비를 가로질렀다.

서영이 돌아간 뒤, 나는 병원 로비에 마련된 대형 텔레비전 앞에 한참 동안 앉아 있었다. 사진 속 아이가 다시 떠올랐다. 복희는 혹 거짓말을 했던 걸까. 친딸을 벨기에로 입양 보낸 것이 부끄러워 주변 사람들에게 친딸이 아니라고 둘러댔던 건가. 그렇다면 그녀의 딸도 나처럼 자신의 의지와 상관없이 입양 절차를 밟은 뒤 컨베이어 벨트 위의 수화물처럼 빙빙 돌다가 양부모의 선택을 받았다는 것일까. 단서가 하나 있긴 했다. 사진 속 아이의 외모……. 한국에는 그런 외모의 한국인이 희소하고 사회에 편입되기 힘들다는 것쯤은 나도 알고 있었다. 선입견에 맞서 아이를 키울 자신이 없었다는 변명이 입양을 선택한 이유가 될 수도 있는 것이다.

상상하고 싶지 않았지만 상상이 되는 장면이 있었다. 사진 속 아이가 벨기에의 어느 국제공항에서 공포에 짓눌린 채 주위를 두리번거리는 장면, 낯선 집에서 악몽을 꾸다가 아연히 깨어나는 장면, 그리고 절대적으로 행복한 순간에도 버려진 사람의 불안과 고통을 아프게 환기하는 장면. 그런 장면이라면 수도 없이 나열할 수 있었다. 그러고 보니 복희는 나와 넘버 원 닮았다는 그 아이에게 고맙고도 미안하다고 했다. 나는 그 말의 속성을 잘 안다. 고맙다거나 미안하다는 말은 자신의 아이를 입양 보낸 부모들이 늘어놓는 가장 흔한 변명이다.

텔레비전에선 뉴스가 흘러나오고 있었다. 뉴스를 전하는 앵커의 중저음 목소리는 이국의 언어처럼 낯설게만 들렸고, 막무가내로 쏟아지는 전문 용어는 오늘 따라 전혀 해석되지 않았다. 하긴, 이국의 언어가 맞다. 나는 명백하게 이국에 있었다. 친정이라니, 실소가 터졌다. 이 나라와 이 나라의 사람들은 나를 버렸고, 나는 삶의 8할 이상을 프랑스에서 살았다. 복희 같은 사람……. 속으로 이죽이듯 되뇌었다. 복희 같은 사람, 내 생모 같은 사람, 지켜 주고 키우는 대신 버리고 도망가 버린, 고아원의 원장처럼, 입양 기관의 직원들처럼 수수료를 받고 팔아 버린 사람들과 다를 것 없는, 하나같이, 몽땅 그런 사람들로 득실거리는 곳, 그런 곳일 뿐인데, 왜, 왜애!

왜 온 거야, 왜, 여기에…….

몸이 저절로 앞으로 기울어졌다. 잔뜩 웅크린 채 뚫어지게 바닥을 내려다보다가 의자에서 벌떡 일어나 비틀거리는 걸음으로 로비와 엘리베이터와 복도를 되짚어갔다. 복희의 병실에 도착해서는 벌컥 문을 열었고, 조명을 켜지도 않은 채 창가 침대 쪽으로 저벅저벅 걸어갔다.

"왜 버렸어요, 진짜 복희?"

묻는 목소리가 내 귀에도 서늘하게 들렸지만 복희는 여전히 깊은 잠에 든 사람처럼 태평히 고른 숨을 내쉬고 있을 뿐이었다. 그녀의 어깨를 세차게 흔든다면 그녀가 어리둥절한 얼굴로 깨어나 나를 빤히 올려다볼 것만 같았다. 버린 건 아니라고, 잠시 맡겨 두고 다시 찾으려 했지만 너무 늦고 말았다고, 그렇게 말해 달라고, 깨어난 그녀에게 어쩌면 나는 반쯤은 정신이 나간 상태로 절규할지도 몰랐다.

나는 곧 가방을 챙겨 쫓기듯 병실에서 나왔다. 오늘 밤은 선의를 갖고 병실을 지킬 의욕이 일지 않았다. 어쩌면, 다시는 품지 않을 선의였다.

*

병원에서 서영의 집까지 내처 걸었다. 한낮의 더운 열기 속에서 응고된 채 밤으로 흘러온 공기는 내 머리칼 하나 헝클이지 못했지만, 나는 거센 폭풍 속을 걷는 듯 자주 휘청거렸다. 30분 정도 내처 걷자 어느새 복희 식당 앞이었다. 복희 식당엔 불이 켜져 있었고, 문 앞엔 눈에 익은 수레가 세워져 있었다. 노파의 수레였다. 식당 안에서 노파는 테이블 하나를 차지한 채 마치 복희인 양 소주를 마시고 있었다.

식당 문을 열자, 노파는 내 쪽을 보지도 않고 장사 안 하니 나가라고 중얼거렸다. 나는 노파의 말을 무시한 채 맞은편 의자에 앉았고, 노파는 그제야 고개를 들어 신경질적으로 쏘아붙였다.

"왜 거기 앉아? 장사 안 한다니까."

"할머니야말로 주인 허락도 없이 여기서 이래도 돼요? 저번에는 여기서 밥솥이랑 그릇을 훔쳐 가는 것도 봤어요."

복희 식당의 밥솥이니 그릇 같은 것이 어떻게 되든 상관없었고 노파와 싸울 마음도 없었지만, 내 목소리는 날카로웠다.

"훔쳐? 내가 내 거 가져가는 게 훔치는 거야?"

"할머니 거라고요?"

"복희가 나한테 한 말이 있어. 자기가 잘못되면 식당 안에 있는 거, 그릇이니 냉장고니 다 가져다가 팔라고. 내 말 알아들어? 복희가 나한테 여기 있는 거 다 양도했다고. 싹 다 내 거라고!"

"복희요? 이 식당 할머니가 복희라고요? 아뇨, 복희가 아니라 추연희죠."

"뭐?"

"복희가 누군지 내가 말해 볼까요? 추연희 씨가 벨기에로 입양 보낸 딸, 버리고 잊어 놓고서 이제 와서 그 이름으로 식당 차려 놓고 불쌍한 얼굴로 기다리는 척 연기했던 거잖아요, 안 그래요?"

노파는 대답하는 대신 빤히 날 건너다봤다. 침묵이 깃든 허공에서 노파와 나의 시선이 복잡하게 얽혔다. 잠시 뒤, 노파는 새 소주잔을 가져오더니 내 앞으로 한 잔을 따라 주었다.

"복희, 그러니까 이 식당 할매 복희가 애를 낳아 입양을 보냈다는 말을 하는 거야, 지금?"

한층 누그러진 목소리였다.

"어디서 무슨 헛소리를 듣고 왔는지도 모르겠지만, 복희는 자식이 없어. 내가 알기로는 그렇네."

노파가 바로 이어서 말했다. 확실하냐고 내가 묻자 노파는 대단히 흥미로운 말이라도 들은 사람처럼 갑자기 내 쪽으로 상체를 쓰윽 기울이더니 "확실?"하고 되물었다.

"확실이라니, 무슨 법관님처럼 묻네. 그래, 그런 이야기는 들었지. 복희가 스물두 살인가, 스물세 살 때 시집을 가서 바로 딸을 낳았는데 돌이 되기도 전에 죽었다고, 그 뒤론 무슨 수를 써도 애가 들어서지 않아서 남편이랑 시집 식구들한테 쫓겨났다고. 근데, 이봐……."

"……"

"이게 다 50년 전 일이야. 50년쯤 되면 말이야, 내가 어떤 놈이랑 엮여 뭘 했는지도 기억이 안 나. 진탕 처마시고 물 좋고 바람 좋은 데서 잠들었는데 깨어나 보니 세상이 날 보고 늙어 빠진 할망구라고 하데. 그러니 둘 중 하나지, 하나만 남지. 더 마셔서 꿈에서 깨든지, 아니면 다시는 깨지 않을 잠을 자든지."

노파는 뜻밖에도 달변가라는 걸 알 수 있었다. 노파는 어떤 사람일까. 아니, 어떻게 살아온 것일까. 뒤늦게 노파에 대한 호기심이 일었다.

노파는 어떤 이름으로 불려 왔을까.

"애를……."

소주를 연거푸 두 잔 비운 뒤 노파가 다시 말했다.

"애를, 키운 적은 있었지. 다른 사람이 낳은 애긴 하지만. 이 애긴 3층도 알지 않나?"

"그럼 그 다른 사람 이름이…… 복순인가요?"

"이봐, 3층, 이름 같은 걸 내가 신경 쓰며 살았을 것 같아? 이름이 뭐라고, 개똥이면 어떻고 금부처면 어때, 망할."

"……할머니, 저에 대해 알고 있죠?"

"3층에 살잖아. 3층에 사니까 3층이라고 내가 불렀고 말이야. 맞잖아, 3층, 아니야?"

"또요? 또 뭘 아시는데요?"

"복희가 변했다는 걸 알지. 나는 이전까지 노인네가 식당 차려 놓고 염불하나, 그랬네. 손님이 오든 말든 신경도 안 쓰고 벌어 놓은 돈 까먹기나 하니까. 근데 3층 오고 나서부터 그이 얼굴에 생기가 돌더라고. 내 눈은 못 속이지, 귀신은 속여도 난 못 속여."

그 말을 하며 노파는 입술을 비틀어 웃었다. 아니, 웃었을 것이다. 웃음소리는 분명히 들었는데, 얼굴은 화를 내는 것 같기도 했고 몸의 통증을 견디는 것처럼 보이기도 했다. 깊은 주름과 듬성듬성 빠진 치아 때문에 그렇게 보이는 것일 수도 있었고, 너무도 오랫동안 웃지 않아서 얼굴 근육이 굳어서일 수도 있었다.

어느 순간 입을 꾹 닫아 버린 노파는 무슨 이유에선지 잠시 허공을 노려보더니 잔에 남은 소주를 또다시 한번에 들이켜고는 의자를 뒤로 밀치며 일어났다. 간다는 인사도 없이 식당을 나서는 노파에게, 나는 왜 병원에 가 보지 않느냐고 물었다.

"누가 가도 알아보지도 못한다며 뭐 하러 거길 가."

"……"

"알아? 나는 하루 벌어 하루 사는 사람이야. 하루를 못 벌면 그다음 하루는 굶는 인생이라고. 죽는 건 하나도 안 가여워. 사는 게, 살아 있다는 게 지랄맞은 거지."

"……"

"그이 떠나거든, 소식이나 전해 주소."

"……"

마지막으로 통보하듯 그렇게 이른 뒤, 노파는 바로 식당을 빠져나갔다. 노파는 환멸로 확대되었던 내 오해 하나를 풀어 주긴 했지만 내게 복희와 관련된 이야기를 다 털어놓지는 않았다. 아마, 그랬을 것이다. 내가 복순이라는 이름을 꺼낸 순간 노파의 얼굴 안쪽이 굳어지는 걸 나는 분명 보았다. 복희와 연희와 복순, 그 이름들 뒤에 펼쳐진 삶을 더 들여다보려면 노파를 또 만나야 한다고 생각한 순간, 노파에게는 이름과 그 의미를 묻지 않았다는 걸 뒤늦게 깨달았다. 미순, 현숙, 정미, 영옥, 자혜, 금순, 난희……. 머릿속으로 노파에게 어울릴 만한 이름들을 하나씩 나열하며 나는 복희가 그랬듯 내 앞의 투명한 소주잔을 지그시 내려다봤다.

등 뒤에서는 이제는 그 멜로디까지 외우게 된 휴대폰 벨소리가 들려왔다. 천천히 뒤를 돌아봤다. 어느새 의자에서 일어나 간유리 문을 열고 복희의 방으로 들어가며 나는 마음속으로 내기를 걸었다. 결과적으로 나는 그 내기에서 졌다. 복희의 휴대폰에 손을 댈 때까지 벨소리는 끊어지지 않았던 것이다.

숨을 죽인 채, 나는 휴대폰의 폴더를 열었다.

12

정우식 기관사는 나사렛 고아원에 나를 보낸 직후인 1983년 겨울에 결혼했고, 두 살 터울인 딸과 아들을 두었다. 단란한 가정을 이룬 셈이다. 그의 어머니, 그러니까 내게 수수부꾸미의 맛을 알려 주었던 그녀는 아들을 잃은 상심을 이기지 못하고 재작년부터 고향인 강원도 영월로 내려가 은둔에 가까운 삶을 살고 있다고 했다. 영월(寧越)은 '편하게 넘다.'라는 뜻인데, 높은 산과 물살이 센 강이 많은 영월의 지리적 특징을 아이러니하게 표현한 지명이라고 사전에는 나와 있었다.

"그래서 할머니한테는 아직 문주 언니 이야기를 하지 못했어요. 할머니는 전화도 잘 받지 않고 어쩌다가 통화가 돼도 귀가 어두워서 거의 알아듣지 못하세요. 할머니한테 할 말이 있으면 직접 만나서 전하는 게 가장 좋은 방법인데, 거기에 오가려면 하루를 비워 놔야 하거든요"

내 맞은편에 앉은 정우식의 맏딸이 다시 말했다. 그녀의 말에 담긴 중요한 정보보다 문주 언니(unnie), 그녀가 나를 부르는 그 방식에 나는 더 신경을 쓰고 있었다. 마음에 와 부딪히면서도 충돌의 흔적은 남기지 않는 호칭이었다. 그녀의 이름은 문경이었고 30대 초반이었으며 직업은 영어 강사라고 했다. 남동생의 이름은 휘경이라고 했던가. 문주와 문경, 그리고 휘경, 한 글자씩 맞물려 겹쳐지는 이 패턴에 이제 나는 익숙해져 있었다.

"'문'은 무늬고 '경'은 햇살이에요. 굳이 해석한다면 햇살의 무늬가 되겠네요. 동생은 '빛나다'의 '휘'를 쓰니까 빛나는 햇살이 될 테고요. 네, 맞아요, 우리 둘 다 아빠가 직접 이름을 지어 주셨어요."

문경이 차근차근 설명하는 동안 서영의 카메라가 그녀의 얼굴을 클로즈업했다. 내 시선도 자연스럽게 문경의 얼굴에 가 닿았다. 문경, 그 이름은 은유가 아닌 듯했다. 기관사의 생김이 유전되었을 환하게 빛나는 그 얼굴에서 시선을 떼지 못한 채 나는 조심스럽게 다시 말을 이어 갔다.

"그럼 제 이름의 '문'도 무늬의 의미일 확률이 높겠네요. 혹시 생전의 아버지에게서 그런 이야기, 들어 본 적 있어요?"

"글쎄, 그게 잘······."

"제 이야기······ 안 했나 보군요."

내 표정에서 실망감을 읽었는지 문경이 아뇨, 하고 짐짓 단호하게 대답하며 고개를 내저었다.

"어렸을 때부터 아빠랑 할머니가 이야기하는 걸 수도 없이 들었는걸요. 근데 두 분 대화 속에선 문주가 아니라 '아가'로만 등장해서 저도 이번에야 그 아가가 저와 비슷한 이름을 가졌다는 걸 알게 된 거예요."

"아가요?"

"네, 늘 아가였어요. 그 아가가 이걸 잘 먹었는데, 좋은 부모 만났겠지, 이젠 아가도 시집갔겠다, 이런 식으로요."

나는 웃었다. 문경도 민망하다는 듯 나를 따라 웃었다. 웃으면서, 문경을 만나서 새로 알게 된 좋지 않은 것과 좋은 것을 상기했다. 기관사는 정식으로 나를 입양할 생각이 아예 없었다는 것, 그 대신 기억했다는 것. 좋지 않은 것, 그리고 좋은 것, 나는 그 상반된 사실들에 똑같이 담담했다.

담담해지고 싶었다.

"그렇지 않아도 2주 후가 여름휴가여서 할머니를 만나러 가려고 했거든요. 할머니한테 문주라는 이름이 어떻게 지어졌는지 꼭 여쭤볼게요."

소식을 기다리겠다고 나는 대꾸했다. 머지않아 내 감각과 기억이 시작된 거주지가 곧 정체를 드러낼 거라고 생각하니, 온 힘을 다해 질주하다가 결승선 앞에서 힘이 빠지는 달리기 선수의 허무가 이해되는 것 같았다. 설명하기 힘든 허무감이었다.

"수수부꾸미……."

짧은 침묵 끝에서, 나는 다시 입술을 뗐다.

"네?"

"수수부꾸미라고, 할머니가 비 오는 날이면 그 음식을 해 주곤 했는데 문경 씨도 먹어 봤겠죠?"

"아, 그거라면 질리게 먹었죠."

"할머니 만나면, 제가 할머니의 그 음식을 많이 그리워했다고 전해 주겠어요? 그리고 만약에, 정말 만약에 철로에서 발견되었을 당시에 내가 입었던 옷이나 갖고 있던 물건에 대해 기억하는 게 있다면 알고 싶어 한다고도요. 그리고……."

"……."

나는 잠시 말을 멈추고 크게 숨을 들이켰다. 맞은편에서 문경이 가만히 날 보고 있었다.

"그리고, 내가 이렇게 살아 있는 건 할머니가 제때 먹여 주어서이기도 하다고, 그때 그 음식 맛을 잊지 못해서 임신 상태에서도 비행기를 타고 여기까지 왔다고, 이 말도 꼭 전해 주세요."

157

내가 이어서 말하자 문경은 두 눈을 크게 끔벅였고, 서영과 은은 입이 벌어진 상태로 서로를 마주 봤다. 아무래도 가장 놀란 사람은 서영인 듯했다. 문경은 이내 활짝 웃으며 축하를 해 주었고 은은 평소의 표정으로 금세 되돌아왔지만, 서영은 여전히 어리둥절한 얼굴로 나를 보고 있었다. 잠시 뒤 컷, 외치는 서영의 목소리가 가늘게 떨렸다.

촬영이 끝나고, 카메라 바깥에서 따로 전할 말이 있다는 듯 문경이 조심스럽게 다가왔다.

"저기, 제가 한번 안아 드려도 될까요?"

"……?"

"아빠는 제가 어디 멀리 갔다 오면 꼭 그렇게 해 줬거든요. 저는 오늘 아빠를 대신해서 여기에 온 거고요."

"……그럼, 그래 줄래요?"

되묻자, 문경이 얼굴 가득 미소를 지어 보이며 두 팔을 벌려 나를 안았다. 문경의 숨결은 설탕처럼 달았고 내 등을 토닥이는 손바닥은 부드러웠으며 아빠를 찾아 주어 고맙다고 말하는 목소리는 귓가를 부드럽게 감쌌다. 그제야 나는 문경에게서 그의 흔적을 온전히 발견한 것만 같았다.

문경에게 안긴 채, 나는 잠시 흐느꼈다.

*

문경이 돌아간 뒤 소율과 은은 커피숍 주변에 있는 괜찮은 식당들에 대해 대화를 나누고 있었고, 할 말이 많아 보이는 서영은 내 주변을 서성였다. 촬영 날엔 함께 식사를 해야 한다는 걸 잘 알지만, 나는 갈 곳이 있었다. 서영에게 오늘은 사정이 있어 식사에 동참할 수 없다고 말을 건네자 서영이 금세라도 울어 버릴 것 같은 표정으로 나를 건너다보았다.

"또 식당 할머니 간호하러 가는 거예요?"

"그 전에 먼저 들를 데가 있어요. 근데, 뭐가 걱정돼요?"

"병원엔 병균이 많잖아요."

그새 서영의 눈가가 붉어지자 곁에 있던 은이 병원이 직장인 사람도 있는데 괜한 걱정을 한다고 핀잔을 주었다. 나는 서영의 손을 맞잡으며 내가 좋아서 하는 일이니 걱정하지 말라고 달랬고 서영은 그제야 내 배에 시선을 고정한 채 천천히 고개를 끄덕였다.

가방을 챙겨 커피숍을 나온 뒤엔 바로 택시를 잡아탔다. 성북구에 있는 아동복지회, 그곳에 복희가 10년 동안 기다려 온 편지 한 통이 와 있었다. 어젯밤에 나는 그 이야기를 들었다.

어젯밤 복희의 방으로 들어가 휴대폰을 받자마자, 젊은 남자가 일방적으로 푸념을 늘어놓기 시작했다. 며칠 동안 수십

번에 걸쳐 전화를 걸었는데 이제야 받느냐고, 늦은 밤에는 통화가 될까 싶어 퇴근 뒤에도 수시로 전화를 했다고, 야간 수당을 따로 청구하겠다고, 쉴 새 없이 그는 말을 쏟아 냈다. 농담과 걱정을 오가는 화법은 그와 복희가 친분이 있는 관계란 걸짐작하게 했다.

"저기, 저는 전화를 대신 받았을 뿐인데⋯⋯."

나는 어렵게 그의 말에 끼어들 수밖에 없었다. 놀란 목소리로 누구냐고 묻는 그에게 복희의 사정을 전하는 동안, 휴대폰 너머에서 그는 여러 번에 걸쳐 한숨을 내쉬었고 침울한 목소리로 병원 이름과 의사의 소견을 묻기도 했다.

그리고, 아주 긴 이야기를 시작했다.

그는 자신을 아동복지회의 직원이라고 밝혔고 그의 표현대로라면 '추연희 할머니'와 알고 지낸 지 4년쯤 된다고 했다. 서영이 복희 식당으로 가는 길을 안내해 주었다던 그 아동복지회 직원이란 건 확인하지 않아도 알 수 있었다. 추연희는 10여년 전부터 한 달에 한 번 정도 복지회에 찾아와 편지 발송을 부탁했는데, 모두 벨기에로 입양된 백복희에게 보내는 편지였다. 복지회가 양부모의 허락 없이 그들의 주소나 전화번호를 친부모나 위탁모에게 넘기는 건 규칙에 어긋났으므로 추연희는 복지회를 통해 편지를 보낼 수밖에 없었던 것이다. 복지회에서 추연희는 유명했다. 답장이 없는데도 그렇게나 오랜 기간, 그토록 꾸준히 편지를 보내는 경우는 드물었다. 아니, 추연희가 유일했다. 게다가 추연희는 백복희의 생모도 아니었다. 서류상 백복희의 생모는 백복순이었으며 추연희는 위탁모에 지나지 않았다.

편지는 꽤 오래전부터, 그러니까 그가 입사하여 추연희의 편지를 벨기에로 보내는 일을 맡기 전부터 거의 매번 반송되었고 답장은 한 번도 오지 않았다. 백복희의 신변에 변화가 생겨서일 수도 있지만 양부모가 작심하고 편지를 반송한 것일 수도 있었다. 복지회로선 그 이유를 알아낼 방법이 없었다. 아니, 그럴 능력 자체가 없었다. 복지회가 갖고 있는 양부모의 주소와 전화번호는 단 한 번도 사실을 확인해 본 적 없고 갱신된 적도 없는, 그저 오래전의 서류에 남은 기록일 뿐이었다.

그런데 지난주에, 놀랍게도 백복희에게서 처음으로 답장이 온 것이다. 복지회의 그 누구도 감히 편지를 뜯어 볼 엄두조차 내지 못했다. 그 편지는 반드시 추연희가 수취하여 가장 처음으로 읽어야 했다.

"이제야 편지가 왔는데, 정말 속상하네요."

또다시 긴 한숨을 내쉬며 직원이 말했다. 나는 걱정하는 직원에게 내가 편지를 받아 가도 되는지 물었다. 망설이는지 침묵하던 직원은 잠시 뒤에야 편지를 내주겠다고 대답했다. 단, 할머니에게 편지를 읽어 주는 장면을 사진이나 영상으로 찍어서 이메일로 보내야 한다는 조건을 달았고 나는 그 조건에 동의했다. 그 조건이 없었다 해도, 나는 어떤 방식으로든 내가 그 편지를 본래의 수신인에게 전달했다는 걸 그에게 증명해 보였을 것이다.

어느새 아동복지회 앞이었다.

휴대폰을 꺼내 직원에게 전화를 건 다음, 나는 초조하게 그를 기다렸다.

13

친애하는 연희에게

안녕하세요, 연희?
어떻게 지내세요? 건강한가요?

새벽에 깨어나 이 편지를 쓰고 있는 지금, 나는 몹시 막막하기만 합니다. 감정이나 생각을 글로 표현하는 것이 익숙하지 않은데다, 프랑스어가 아닌 영어로 쓰는 것에는 더더욱 어려움을 느끼거든요. 영어로 편지를 쓰는 것은, 내가 한국어를 거의 다 잊어버렸을 뿐 아니라 내 기억 속 당신은 조금은 영어를 할 줄 알았기 때문입니다. 기억합니다, 영어와 한국어가 혼합된 말이 여기저기서 들려오던 그 동네……. 지금도 그 동네에 살고 있진 않겠죠?

한국을 떠나온 때가 1987년이니, 벌써 30년이 넘었습니다. 내가 마흔 살이 되는 동안 당신은 일흔 살 정도가 되었겠군요. 그 30여 년 동안 있었던 일을 이 한 통의 편지에 어떻게 다 쓸 수 있을까요? 불가능하겠죠. 불가능하지만, 그래도 내가 할 수 있는 모든 이야기를 최대한 솔직하게 써 보겠습니다.

연희, 일단 당신이 듣고 싶지 않을 것이 분명한 이야기부터 하려 합니다.

벨기에에서 나는 행복하지 않았어요. 나 같은 아이들이 대개 그렇듯, 나 역시 입양된 가정에서 늘 방황했고 합당한 애정을 받지 못했습니다. 성장하는 내내 내가 누구인지 몰라 혼란스러웠고, 사실은 지금도 종종 그렇습니다. 입양은 버려진 나를 구원해 주었지만, 동시에 나의 가장 중요한 무언가를 박탈해 가기도 했으니까요. 벨기에에서의 삶이 불행하다고 느낄수록 당신이 더더욱 미워지더군요. 어쩌면 당신에게서 받은 사랑을 기억했기 때문에 당신을 용서하는 것이 더 힘들었던 건지도 모르겠습니다. 지금도 비교적 생생히 기억합니다. 당신이 나를 아동복지회에 데려간 그날, 양부모와 형식적인 미팅이 있었죠. 나를 보며 모두 웃고 있는데도 심사를 받는 것만 같았던 그 어색한 분위기, 그 뒤 일사천리로 진행된 입양 절차, 수많은 서류들, 출국과 입국……. 그때 나는 너무 무섭고 외로웠지만 당신은 내내 나를 외면했고 출국하는 날에는 공항에 나오지도 않았죠. 당신이 그런 선택을 한 이유라면 나는 이해할 준비가 되어 있지 않았고, 당신을 만나고 싶다든지 만날 필요가 있다는 내 내부의 목소리에도 확신을 갖지 못했습니다.

솔직히 말하면, 10여 년 전부터 당신이 보낸 편지들을 나는 뜯어보지도 않았습니다. 양부모의 집에 방문할 때마다 당신의 편지를 받아 오긴 했지만 낡은 상자에 집어넣고는 잊어버렸죠. 몇 해 전 양부모가 다른 도시로 이사를 간 뒤로는 당신의 편지를 받을 일도 없어졌는데, 나는 그 모든 상황을 물이 흘러가는 것처럼 자연스럽게 받아들였습니다.

잊고 살았던 당신의 편지를 상자에서 한 통 한 통 꺼내어 읽기 시작한 건 최근의 일입니다.

나는 석 달 전에 건강 검진을 받다가 왼쪽 가슴에 종양이 있다는 걸 알게 되었습니다. 초음파 검사를 마친 의사는 조직 검사를 권했고 조직 검사를 받은 뒤엔 한 달 동안 결과를 기다려야 했죠. 그 한 달은 내 인내심의 총량을 측정하는 일종의 테스트 같기만 했어요. 도무지 시간이 흘러가지 않던 그 한 달 동안, 나는 당신의 편지를 읽기 시작했습니다. 그럴 수밖에 없었죠. 뜻밖에도 종양은, 당신이 나를 거둔 덕분에 내가 이미 행운을 누린 적이 있다는 걸 환기시켜 주었으니까요. 그러니까 당신의 애정과 노동으로 내 생명이 이미 한번 연장되었다는 것을요. 30대의 젊은 여성이었던 당신이 엄마를 간호하는 일에나 나를 키우는 것에 놀라울 만큼 헌신적이었다는 것을 나는 잊은 적이 없습니다.

당신이 보낸 편지를 읽으려면 몇 시간씩 사전을 들추며 문장을 해석해야 했는데, 어느새 그 시간이 내게는 불안을 잠재우는 휴식이 되더군요. 편지를 다 읽어 갈 즈음, 검사 결과와 상관없이 나는 당신에게 고마운 마음을 전하고 싶어졌고 더 이상 그 마음을 외면하거나 미루어서는 안 된다는 걸 확신하게 되었습니다.

연희, 뒤늦은 이 답장을 당신이 기쁘게 받아 주면 좋겠습니다.

많이 늦었지만, 나는 이제야 당신을 만나고 싶다는 말을 전해요. 당신을 만나 당신에게서 내 삶에 대해 더 많은 것을 배우고 싶어요. 더 이상 어떤 말을 해야 할지 알 수 없지만, 이것이 내 진심입니다.

추신. 당신이 이해하고 허락하여 내가 당신을 만나러 한국에 가게 된다면, 당신과 함께 엄마의 무덤에 가 보고 싶어요. 당신의 손을 잡고 여러 번 그곳에 간 기억이 있어요. 당신은 그 무덤이 어디에 있는지 기억하고 있겠죠? 엄마에게 지금의 나를 보여 주고 싶어요.

휴대폰 번호를 남깁니다.

*

"이제 그만 찍을까요?"

저쪽에서 그 앳된 간호사가 물었다. 나는 고개를 끄덕여 보였고, 간호사는 곧 내게 다가와 휴대폰을 건넸다. 휴대폰에는 내가 복희, 아니 연희 — 진짜 복희가 실체로 나타났으므로 이제 그녀는 내게도 연희가 되어야 했다. — 에게 백복희의 편지를 한국어로 번역하여 읽는 영상이 저장되어 있을 터였다.

간호사는 할머니 좋은 분이네, 좋은 분이 더 오래 사셔야지, 어서 일어나세요, 연이어 중얼거리며 연희의 팔과 다리를 주물렀고 나는 그런 간호사를 말없이 건너다보다가 연희의 소변 팩을 들고 병실에서 나왔다. 최대한 느린 걸음으로 복도를 지나 화장실 변기에 소변 팩을 비운 뒤 다시 병실로 돌아왔을 때 간호사는 떠나고 없었지만, 대신 초로의 여성인 공동 간병인이 와 있었다. 나는 몇 걸음 떨어진 곳에서 간병인이 연희의 환자복을 벗겨 새 기저귀로 갈아 주고, 물수건으로 얼굴부터 목을 지나 여러 겹으로 주름이 진 가슴과 배, 그리고 성기까지 닦아 가는 모습을 지켜봤다. 타인의 알몸을 보는 행위는 곤혹스러웠지만, 그 몸이 내가 언젠가 도달하게 될 종착역과 같은 장소라고 생각하니 견디지 못할 괴로움은 없었다.

공동 간병인이 돌아간 뒤 나는 연희의 손을 잡아 보았다. 연희가 친딸처럼 키우던 아이를 입양 보낸 건 사실이지만, 나는 도무지 연희를 미워할 수는 없을 것 같았다. 할 수 있는 일이 그뿐이라는 듯, 나는 연희의 손을 더 세게 감싸 쥐었다. 검버섯이 퍼져 있는 손등과 손마디의 뼈가 불거져 나온, 누가 봐도 명백하게 나이 든 사람의 손인데 그 크기는 아주 작았다. 작다, 나는 속삭였다. 이렇게나 작은 손으로 수십 년 동안 노동을 해 왔다는 게 믿기지 않았다. 백복희를 키우고 백복순을 보살펴 주었으며 내게 음식을 해 준 손이란 것도 믿을 수 없었다. 관리하지 않은 손톱이 길게 자라 있는 그 손을 나는 이불 안으로 조심스럽게 밀어 넣었다.

이제 병원에서 나가면 나는 백복희의 편지에 나와 있는 번호로 전화를 걸어야 할 것이다. 그녀에게 연희의 상태를 밝힌 뒤 지금으로선 백복순의 무덤을 찾을 길이 없다는, 하나같이 불우한 그 소식들을 전하는 것이 미루고 싶은 숙제 같기만 했다. 무덤……. 무덤, 다시 한번 되뇌자 백복희가 편지에 쓴 문장이 새롭게 환기됐다. 연희가 어린 백복희의 손을 잡고 여러 번 그 무덤을 찾아갔다고 했으니 무덤은 그들 세 사람이 함께 살던 거주지에서 그리 멀지 않은 곳에 있을 확률이 높았다. 백복순의 무덤을 찾고 싶다면 연희가 백복순과 함께 백복희를 키우던 집의 위치를 먼저 알아내야 하는 것이다. 그 정보를 알 만한 사람 중에서 내가 접촉할 수 있는 유일한 사람은 아무리 생각해도 그녀뿐이었다. 나는 곧 가방을 챙겨 병실을 나섰다. 걸음이 빨라졌다. 복희 식당 앞에서 일단 그녀를 기다려 볼 생각이었다.

14

"어느 날 간다는 말도 없이 이태원 바닥을 떠나더니 20년 동안 연락이 없었지. 천안에 있는 보건소에서 오래 일했다던 가. 군산인가 하는 데서 배 타고 들어가야 나오는 요양 병원에서도 일했다고 하고. 그러더니 슬쩍 돌아와 여기다 식당을 연 거야. 국 하나 못 끓이던 위인이, 할매가 다 되어서 말이야. 나 원 웃겨서."

웃겨서, 라고 말할 때 노파는 정말 웃었다. 그제야 나는 노파의 웃는 얼굴을 알게 되었다. 입술이 비틀어지거나 얼굴 근육이 일그러지지 않는, 대신 눈동자가 맑아지고 자연스럽게 광대가 올라가는 천진한 얼굴이었다. 노파에게서 한번도 보지 못한 얼굴이기도 했다.

조금 전까지 노파는 자신이 아는 연희의 삶을 내게 쏟아붓듯 이야기했다. 고향, 전쟁을 통과하며 변형된 삶의 조건, 남동생과 딸을 잃은 고통에 대하여…… 백복순이나 백복희와 관련된 이야기가 빠져 있긴 했지만 평소 무심하거나 공격적이던 노파의 태도를 생각하면 그런 모습이 내게는 뜻밖이었다. 나중에야, 그러니까 연희가 내 짐작보다 훨씬 더 외로운 사람이었다는 것을 실감한 이후에야 나는 그 밤의 노파를 이해할 수 있었다. 노파에게 나는 연희를 기억하게 될 이 지상의 몇 안 되는 사람으로 보였을 것이다. 연희가 어떻게 살아왔는지를 기억해 두었다가 되새기고 애도해 줄 수 있는 사람, 죽음 앞에 섰을 때 가장 절실하게 필요한 타인…….

"백복희라고, 아시죠? 복희 식당의 그 복희 말이에요. 연희 할머니가 오랫동안 기다려 왔잖아요."

노파의 이야기가 한 차례 지나간 뒤, 나는 그녀의 잔에 새로 소주를 따라 주며 어렵게 말을 꺼냈다. 내가 백복순을 언급했을 때처럼 노파는 백복희라는 이름에 대해서도 방어적일 수 있는 것이다. 흘끗 나를 보는 노파의 눈동자 속에 테두리가 흐릿한 빛이 떠오르는 걸 나는 보았다. 흐릿하고 또 흐릿해서 아무리 들여다봐도 해석되지 않을 눈빛이었다.

"백복희 씨의 전화번호를 알게 돼서 제가 오늘 전화를 했어요. 백복희 씨가 보름 뒤에 서울에 오겠대요. 근데……."

"……"

"근데 백복희 씨는 생모의 무덤에 가고 싶어 해요. 소원이라고까지 했어요. 그러니까…… 백복순 씨의 무덤이 어디에 있는지 알고 있다면, 저에게 알려 주세요. 아니, 알려 주어야 해요. 연희 할머니도 그렇게 해 주길 바랄 거예요."

"복순인지 복남인지, 내가 그 사람 무덤을 알 거라고 생각했어?"

노파가 돌연 날카로운 목소리로 그렇게 대꾸했다. 나와 눈이 마주치자 노파는 잔에 남은 소주를 마저 들이켰고 손바닥으로 세게 눈두덩을 부비기도 했다.

"……난 이제 가 봐야겠어. 곤하네."

돌연 자리에서 일어난 노파는 취기로 휘청거리면서도 의자 두 개를 식당 밖으로 끌고 나갔다. 그건, 오늘 노파에게 할당된 연희의 유산이었다. 그러고 보니 복희 식당의 의자와 테이블은 몇 개 남지 않았고 주방 쪽 식기들이 놓인 자리도 휑한 곳이 많았다. 나는 주방으로 가서 프라이팬 두 개를 꺼내 노파의 수레에 얹어 주었고 의자들이 떨어지지 않도록 팽팽하게 끈을 조이기도 했다. 수레 앞쪽에서 노파가 내 행동을 유심히 보고 있었다.

노파는 곧 수레를 끌며 복희 식당에서 멀어져 갔다. 모퉁이를 돌기 전 언뜻 노파가 내 쪽을 돌아봤을 때, 나는 얼결에 손을 들어 흔들어 보였고 노파는 한동안 같은 자세로 우두커니 서 있었다. 노파와의 거리가 멀었고 날이 어두웠으므로 노파가 어떤 표정으로 날 바라봤는지는 알 수 없었다.

*

나는 노파에게서 연희의 삶의 일부를 들었으므로 이제 상상할 수 있는 게 많았다. 내가 연희에 대해 상상할 수 있는 가장 먼 곳의 장면은 이런 것이다.

허공에 사이렌이 울리고, 거리는 공포에 휩싸인 채 집에서 뛰쳐나온 사람들로 가득하다. 아이들과 가축의 울음소리, 여기저기서 피어오르는 매캐한 폭탄의 냄새, 탱크와 폭격기의 기계음, 불안한 공기와 성큼성큼 다가오는 죽음의 경고, 연희가 한국 나이로 네 살이 되던 해 서울을 지배하던 것들……. 사람이 죽고 시체가 쌓여 가는 전쟁의 한복판에서 연희의 어머니는 아들을 낳았다. 아이는 무사히 태어났지만, 그 아이를 지켜 줄 어른다운 어른은 희소했고 세상의 보호막은 허술했다. 아들이 태어난 것을 보자마자 징집을 피해 서울을 떠난 연희의 아버지는 다시는 가족 앞에 나타나지 않았고, 모두의 기대나 예상과 달리 전쟁은 바로 종식되지 않았다. 연희의 남동생이 죽은 건 태어난 지 불과 석 달 만의 일이었다. 아마도 영양실조 상태에서 그리 치명적이지 않은 병으로 죽었을 것이다. 남동생이 숨을 거두었을 때, 연희는 죽는 것과 잠드는 것의 차이조차 모르던 아이에 불과했다. 어머니가 동생을 끌어안은 채 목이 쉬도록 우는 모습을 연희는 막연히 슬픈 눈으로 바라봤겠지만 그 자세의 의미는 알지 못했을 것이다.

3년 만에 전쟁이 끝나고 얼마 뒤, 연희의 생모는 재혼했다. 무책임한 남편과 아들의 죽음이라는 극단적인 결과에 이른 첫 번째 결혼에 그녀는 질려 버렸을 것이고 실패한 결혼에서 가능한 멀리 도망가고 싶었을 것이다. 연희는 재혼한 어머니의 집에 얹혀살며 성장했고, 성장하는 내내 어머니가 새로운 남자와 두 아이를 낳아서 키우는 걸 지켜봤다. 그 새 가정에서 연희가 애정 없이 겉도는 존재였다는 건, 현재 서류상 연희의 보호자이자 보험금의 수령인으로 설정된 여동생의 태도로도 충분히 유추할 수 있었다. 성인이 되었을 때에야 연희는 어머니에게서 벗어나게 되었다. 낮에는 일하고 밤에는 간호 전문대에 다녔는데, 간호학을 선택한 건 아마도 최대한 빨리 자신의 생계를 책임지기 위해서였을 것이다. 간호사로 일한 지 얼마 되지 않아 서둘러 결혼을 한 것도 같은 이유에서 비롯된 건 아니었을까. 결혼 뒤의 이야기라면 노파에게서 이미 듣긴 했다. 스물두 살이나 스물세 살에 결혼했고 돌 지난 딸이 죽은 뒤 더 이상 임신하지 못하자 남편과 남편의 가족에게서 버려졌다는 이야기…….

복희 식당을 나와 3층으로 이어지는 계단을 오르며 나는 이제 더 이상 그 장면을 외면할 수 없다는 걸 깨달았다. 상상으로 빚어진 그 장면 속에서 죽은 딸을 끌어안고 있는 연희는 이상하리만치 차분하고 냉정한 얼굴을 하고 있다. 한순간에 희망이나 의욕을 잃은 사람은 그런 얼굴일 수밖에 없는 것이다. 딸의 피가 식고 근육이 경직되어 가는 것을 느끼며 연희는 동생을 잃은 순간의 고통을 떠올렸을 테고 악착같이 생명을 앗아 가는 자신의 삶에 모든 전의를 상실했을 것이다. 그날부터 오랫동안 지속되었을 자기 삶을 향한 환멸 어린 항복…….

백복순과 백복희를 만나기 전까지, 연희는 대학 시절의 나와 비슷한 질감의 시간을 보냈을 거라고 나는 확신했다. 이유도 모른 채 태어나 의지와 상관없이 사는 것일 뿐, 근원적인 마음의 끝은 죽음에 닿아 있던 그 암전의 시간 말이다. 그랬으므로, 연희는 아픈 백복순과 백복순이 낳은 백복희를 외면하지 않은 것이다. 아니 외면할 수가 없었을 것이다. 그들 모녀는 연희에게 두 번이나 지켜 주지 못한 생명을 떠올리게 했을 것이고 다시는, 어떤 생명이든, 차갑게 죽도록 내버려 두지 않겠다는 결심을 하게 했을 테니까. 생명은 연희에게 위로이자 구원이었을 테니까.

이제 내게 추연희라는 이름은 복희 식당에서 노동하던 노년의 여성만을 지칭하지 않았다. 상실하면서도 꿈을 꾸던, 상처받았으면서도 그 상처가 다른 이의 삶에서 되풀이되지 않도록 애를 썼던, 너무도 구체적인 한 인간이었다. 추연희, 1948년생, 백복희의 두 번째 엄마…….

*

다음 날 아침, 아동복지회 직원에게서 전화가 걸려 왔다. 그 전화를 받기 전까지, 나는 백복희가 나와는 다른 처지의 입양인이라는 것을 인지하지 못한 상태였다. 백복희와 나는 두 살 차이밖에 나지 않았고 비슷한 시기에 해외로 입양되었지만, 그녀는 누가 자신을 낳고 키웠는지 정확하게 알고 있었고 그 정보는 기록으로도 남아 있었던 것이다. 출생 기록서, 백복희는 내게 없는 그 서류를 갖고 있었다.

전화를 끊고 아동복지회를 찾아가자 직원은 출생 기록서의 원본을 복사해 주었다. 출생 기록서는 입양인의 가족이나 친척에게만 열람할 수 있는 권한이 있지만 직원은 연희와 백복희의 상황은 예외라고 판단되어 제3자인 내게 사본을 건네준 것이다. 아침에 그가 내 휴대폰으로 전화를 걸어온 이유는 병실에서 찍은 영상을 잘 받았다는 말을 전하기 위해서였을 뿐, 그때만 해도 그는 백복희가 곧 한국에 올 예정이며 백복순의 무덤 앞에 서고 싶어 한다는 걸 알지 못했다. 이태원 어딘가에 백복순의 무덤이 있을 거라는 내 추측에 그는 회의적인 반응을 보이긴 했지만 백복희가 입양되기 전까지의 거주지 주소가 서류에 남아 있으니 아동복지회에 와서 그 서류를 확인해 보라고 권했다. 백복희에게 생모의 무덤 앞에 설 수 있는 기회를 마련해 주려는 그의 배려가 읽혔다.

아동복지회의 빈 회의실에서 나는 백복희의 출생 기록서를 천천히 읽었다. 출생 기록서에는 백복희에 대한 기본적인 정보뿐 아니라 백복희가 태어나 성장한 과정 — 그 과정에는 간호사였던 연희와 임신한 백복순이 보건소에서 처음 만났다는 내용과 그 뒤 연희가 백복순의 출산과 백복희를 키우는 일에 관여하게 된 사연이 포함되어 있었다. — 이 적혀 있었다. 백복순이 열여덟 살에 백복희를 가졌다는 것, 그때 연희는 서른 살이었다는 것도 출생 기록서를 통해 확인할 수 있었다. 대신 백복순의 사인과 장례 절차는 나와 있지 않았고 백복희의 생물학적 아버지에 대해서는 직업만 명시되어 있을 뿐, 그의 이름이나 나이 같은 신분 확인에 필요한 정보는 없었다. 내가 가장 궁금했던 입양 사유 역시 '환경 변화'와 '주변의 권유'라고만 짧게 적혀 있었는데, 의도적으로 진심을 제거한 형식적인 기술이라는 것을 모를 수는 없었다. 서류 하단에는 추연희라는 이름이 서명되어 있으니 연희가 정보를 선별하여 출생 기록서를 작성했다는 건 분명했다.

"연희 할머니는 보통 분이 아니었어요. 그 시절엔 참 보기 드물게 용감한 분이었죠."

내 몫의 음료수를 들고 회의실에 들어온 직원이 말을 걸어왔다. 나는 읽던 것을 멈추고 의아한 눈길로 직원을 건너다봤다.

"그걸 영어로 뭐라고 해야 하나. 아, 그래요, 밀리터리 캠프 타운(military camp town), 군인들을 위한 타운 말이에요. 출생 기록서에 따르면 백복순 님이 바로 그 밀리터리 캠프 타운에서 일했던 거잖아요. 백복희 님의 생물학적 아버지는 미군이었고요. 지금이야 밀리터리 캠프 타운이라고 해도 특별할 것 없는 유흥가에 지나지 않지만 1970년대라면 이야기가 달라지죠. 직업이 확실했던 싱글 여성이 밀리터리 캠프 타운에서 일했던 백복순 님과 일종의 대안 가족을 이루었다는 건 굉장히 예외적인 일이고요."

"대안 가족이요?"

"결혼과 혈연으로 묶인 전통적인 가족은 아니지만 생계와 생활을 공유하는, 어떻게 보면 더 가족 같은 공동체 말이에요. 연희 할머니는 그 가족의 가장 역할을 했던 거고요."

직원은 백복순이 살았던 시절의 밀리터리 캠프 타운에 대한 설명을 이어 갔고, 그의 이야기가 끝나 갈 무렵 나는 연희가 작성한 백복희의 출생 기록서를 다시 한번 읽어 볼 수밖에 없었다.

아동복지회에서 나온 뒤엔 지하철을 타고 합정으로 갔다. 혼자서는 백복순의 무덤을 추적할 자신이 없었고, 게다가 시간이 촉박하기도 했다. 백복희의 귀국 날짜는 이제 열흘 앞으로 다가와 있었다. 열흘 안에 백복순의 무덤을 나는 꼭 찾고 싶었다. 합정에 도착하여 커피숍의 문을 열자, 니은자 모양의 바 너머에서 골똘한 얼굴로 커피를 내리는 서영이 보였다. 서영에게 하고 싶은 말이 많았다.

15

한국전쟁이 끝난 뒤에도 미군들은 계속해서 한국으로 파견됐고, 곧 그들의 캠프 주변에는 먹고 마시고 소비할 수 있는 타운이 형성되기 시작했다. 밀리터리 캠프 타운, 그것을 한국어로 옮기면 기지촌(基地村)이 된다.

"하지만 1990년대 초반까지만 해도 한국에서 기지촌은 금기어에 가까웠대요. 마치 집단 최면에라도 걸린 것처럼 보통의 한국인들은 기지촌이란 단어를 좀처럼 입에 올리지 않았다고 해요. 저도 이번에 관련된 기사를 찾아 읽으면서 알게 된 건데, 기지촌은 한국인들에게 성적인 뉘앙스뿐 아니라 강대국에 대한 굴욕감을 줬기 때문에 더더욱 은폐되었다고 하더라고요."

이틀 동안 사전 조사를 했는지 곁에서 서영이 간간이 설명을 이어 갔다. 일단 백복순이 백복희를 낳기 전까지 일하면서 살았던 동네를 찾아보자는 서영의 제안대로 이태원역 뒤편의 골목을 걷던 중이었다. 합정의 커피숍에서 백복희의 출생 기록서 사본을 읽은 서영은 백복순의 무덤을 찾는 일에 힘을 보태겠다는 뜻을 밝혔었다. 그 과정을 카메라에 담고 싶다고, 예정에 없던 촬영이니 소율과 은의 도움 없이 오로지 카메라 한 대로 찍은 뒤 영화에 녹아들 수 있도록 편집을 해 보겠다며 강한 의지를 보이기도 했다. 촬영이 성공적으로 이루어진다면 백복순의 무덤을 찾아가는 나의 추적이 영화의 후반부를 채울 터였다. 어차피 문경의 연락이 오기 전까지는 촬영할 신이 없었다. 문경이 나의 부탁을 잊어버려 우리가 다시 만나지 못한다면 서영의 영화는 미완으로 끝날 수도 있었다.

"백복순 씨가 연희 할머니네 집에 들어가기 전까지 일하며 살았던 클럽은 여기 어디쯤이었을 거예요."

서영의 말에, 나는 걸음을 멈추고 주위를 둘러봤다. 방금 전 지나온, 마트와 터키 식당과 환전소가 있던 거리는 일종의 통로였던 걸까. 마치 불투명하고 기다란 통로를 지나온 듯, 눈앞에 펼쳐진 과거의 기지촌은 서울의 그 어느 구역과도 비교할 수 없을 만큼 황량했다.

이태원역에서 걸어서 불과 10분 거리에 위치해 있지만 이곳은 지난 30여 년 동안 개발에서 완벽하게 소외된 지역이었다고 서영이 말했다. 그러고 보니 이태원역 주변만 해도 화려한 식당들과 프랜차이즈 커피숍, 그리고 소비할 준비가 되어 있는 사람들로 가득했었다. 한 시절 서울에서 가장 왕성한 상권을 이루었던 옛 기지촌은 1990년대 들어 미군의 숫자가 줄고 군대 일부가 다른 도시로 이전하면서 지난 세월 속에 버려진 것이다.

골목 안쪽으로 들어갈수록 황폐함의 농도는 점점 짙어져 갔다. 이민자나 불법체류자들이 많이 사는 파리 외곽의 슬럼가가 떠올랐다. 셔터가 내려온 상점들과 창문이 뜯긴 집들, 모자를 눌러쓰고 꾸부정한 자세로 걸어 다니는 남자들과 화장은 화려하지만 차림새는 허술한 여자들, 담벼락에 스프레이로 휘갈겨진 그래피티, 길모퉁이마다 쌓여 있는 쓰레기 더미, 모두 내가 알던 슬럼가의 풍경이었다.

아동복지회 직원의 말에 따르면, 1990년대 초반까지만 해도 이곳에서 일하던 여자들은 정부의 보호를 받으면서도 철저하게 고립되어 있었다. 대부분의 한국인들은 그녀들이 하는 일이 필요하다는 것을 인정하면서도 그들 개개인의 인격은 존중하지 않았던 것이다. 오히려 그녀들을 마음껏 무시했고 그녀들이 낳은 혼혈아는 수치감이 당연한 존재인 듯 함부로 대했다. 복지회 직원은 연희가 간호사로 일했던 기지촌의 보건소야말로 그녀들을 향한 차별이 집약된 곳이었다고도 했다. 보건소의 의사와 간호사들은 그녀들의 몸을 만지는 걸 꺼려했고, 그녀들이 성병이나 임신 여부 검사를 받기 위해 보건소를 방문한 날이면 대대적으로 의료 기구를 소독하기도 했다. 그녀들 중 누구라도 미군에 의해 성병이 의심된다고 지목되면 사설 감옥과 다를 것 없는 낙검자 수용소로 보내어 며칠 동안 감금하는 것도 보건소 직원들의 일이었다.

연희는 그런 차별이 일상으로 행해지던 직장에서 바로 그 차별의 대상인 백복순과 친구를 넘어 가족이 된 것이다. 백복순의 출산을 도운 것이나 백복순이 낳은 아이를 백복순과 함께 자신의 집에서 양육했던 연희의 행동엔 결코 작지 않은 용기가 필요했을 터이다. 앙리와 리사가 그들과 피부색이 다른 나를 가족의 일원으로 받아들인 것, 아마도 그만큼의 용기가.

"좀 쉬었다가 갈까요?"

내가 걱정되었는지 서영이 슬쩍 내 배를 내려다보며 물었다. 우주는 19주째 자라는 중이었고, 내 배는 이제 타인의 시선을 끌 만큼은 나와 있었다. 서영과 나는 좁은 골목 안쪽으로 걸어가 시멘트 계단에 가방을 깔고 앉았다. 서영이 3~40년 전의 이곳 풍경을 인터넷에서 찾아 저장해 왔다며 내게 자신의 휴대폰을 건넸다. 영어 간판, 맥주병을 흔드는 미니스커트 차림의 여자들, 서로 멱살을 쥐고 있는 두 명의 건장한 미군, 그리고 순간적으로 자신의 존재를 망각해 버린 것 같은 표정으로 담배를 피우는 어떤 여자……. 팝송과 향수 냄새와 누군가의 쓸쓸한 노랫소리 같은 프레임 밖의 감각마저 전해지는 사진들이었다. 그 당시 이곳의 여자들은 제니와 캐시처럼 쉽게 발음할 수 있는 영어 이름이나, 지니 혹은 니키 같은 국적 불명의 이름으로 살았다고 아동복지회 직원은 말했었다. 백복순도 제니나 캐시였을까. 수많은 지니들과 니키들처럼 미군과 결혼하여 미국으로 이민 가는 것을 꿈꾸었던가.

"그 시절을 살지 않아서 쉽게 단정할 수는 없지만, 적어도 제가 찾아본 자료에 따르면 그런 일은 그리 흔하지 않았대요. 기지촌 여성들은 애초에 미군의 결혼 상대가 되지 못했던 거죠. 미혼모의 비율이 높고 이곳의 입양 건수가 많았던 것도 그 때문이었고요. 아무래도 그때는 여자 혼자 아이를 낳아 키우는 게 지금보다 더 어려웠으니까요. 특히 혼혈 아동이라면 그 양육 환경이 훨씬 혹독했을 거예요."

서영의 말을 들으며 사진 한 장 한 장을 다시 유심히 들여다보는데, 어느 순간 끝이 둥글게 말린 바람이 불어와 머리칼을 헝클어트렸다. 그러고 보니 서울의 더위는 한풀 꺾여 있었다. 머리 위로 내리꽂혔던 직선의 태양열은 이제는 부드럽게 낙하하는 듯 느껴졌고, 나무마다 정점에 올랐던 초록의 농도도 확실히 묽어져 있었다. 우주가 이 여름을 지나 다가오는 가

을과 초겨울 동안 태아라는 본분에 맞게 잘 자라 준다면, 올해 말이나 내년 초에 나는 우주와 만나게 될 터였다. 왜곡과 술수를 모르는 시간의 정직함이 지금 내게는 안도이자 위로였다.

그때였다. 돌연 아기의 울음소리가 들려와 서영과 나는 어리둥절한 얼굴로 서로를 마주봤다. 어느 집에선가 아기가 울고 있었는데, 정확한 위치는 알 수 없었다. 이 동네에서 백복희가 태어났을까. 문득 그것이 궁금해졌다. 가능성은 높지만 확실한 건 아니었다. 출생 기록서에는 백복희가 태어난 날짜와 입양 당시의 거주지만 적혀 있을 뿐, 그녀의 출생 장소는 나와 있지 않았으니 백복순은 보건소나 연희의 집에서 백복희를 해산했을 수도 있는 것이다. 내가 확실하게 아는 건 연희가 백복희를 '받았다'는 것뿐이었다. 백복순의 피 흘리는 다리 사이에서 꺼내어진 백복희를 조심스럽게 안아서 따뜻한 물로 핏물과 태질을 닦은 뒤 탯줄을 끊어 주었다는 것을. 복희라는 이름은 언제 지어졌을까. 복순과 연희에서 한 글자씩 가져와 이름을 짓자고 제안한 건 누구였을까. 이제는…….

이제는, 아무도 알 수 없는 이야기였다.

백복희는 1978년에 태어났다. 독재의 시절이었고 가난이 판잣집만큼 당연하던 때였다. 백복희를 '받은' 연희는 속삭이지 않았을까, 이런 세상에도 아기가 태어나다니, 울먹이면서……. 연희가 막 해산을 마친 백복순 곁에 탯줄이 아물지 않은 백복희를 뉘어 준 순간, 백복순 역시 설명할 수 없는 감정이 북받치는 얼굴로 자신의 딸을 내려다봤을 것이고 연희는 그런 백복순 곁을 지켰을 것이다. 그렇게 두 명의 어머니와 어린 딸로 구성된 가족이 탄생했다. 그 공동체는 순도 높게 아름다웠을 거라고 나는 확신했다. 백복희는 그 이름의 뜻 그대로 럭키하고 또 럭키했던 셈이다, 적어도 차별과 슬픔에 눈뜨기 전까지는……. 아니, 연희와 백복순은 백복희가 태어난 그 순간부터 보통의 한국인과는 그 생김이 다른 백복희에게 닥칠 차별과 슬픔을 내내 예감했을 것이다. 불안해하면서도 정확하게 백복희의 미래를 알고 있었을 터이다.

"그러니까 복희 식당 할머니는 백복희 씨의 위탁모가 아니라 또 한 명의 엄마였던 셈이잖아요. 그럼 친자식과 다를 것 없는 백복희 씨를 할머니는 왜 입양 보낸 걸까요? 출생 기록서에 적힌 이유가 다는 아니겠죠?"

아기의 울음소리가 잦아들 무렵 서영이 물었다.

"그렇게 간단한 이유로 버린 거라면 기다리지도 않았을 거예요."

"그럼, 백복희 씨를 위해서였을까요?"

"……어쩌면 그 카메라가 더 정확하게 알려 줄지도 모르죠."

내가 대답하자, 서영은 자신의 카메라와 나를 번갈아 바라보더니 수긍한다는 듯 이내 고개를 끄덕였다.

백복순은 백복희를 낳고 4년 뒤에 죽었다. 그해 백복순은 고작 스물두 살이었다. 열일곱 살에 기지촌으로 흘러들어 백복희의 친부를 만나고 이듬해엔 엄마가 되었던, 너무 빨리 세상을 알아 버린 그녀는 살아갈 수많은 날들과 백복희를 남겨놓은 채 서둘러 생을 마감한 것이다. 백복순의 장례를 마치고 집에 돌아온 연희는 아무것도 모른 채 잠이 든 백복희를 내려다보며 지켜 주겠다는 처음의 다짐을 되새겼을 테지만, 그 다짐은 영원하지 않았다. 연희의 심경에 변화를 일으킨 계기가 백복희의 성장이란 건 의심의 여지가 없어 보였다. 연희는 커가는 백복희를 세상의 적의로부터 완전히 차단하는 건 불가능하며 자신의 보호에는 한계가 있다는 것을 깨달았을 것이고, 입양이라는 제도는 연희의 그 연약한 마음속으로 나사처럼 천천히 파고들었을 것이다. 입양은 순식간에 진행됐고 되돌릴 수 없었다.

백복희를 입양 보낸 뒤 이태원을 떠난 연희가 천안과 군산 근처 섬에서 어떻게 살았는지는 증언해 줄 사람조차 없지만, 보건소나 요양병원에서 퇴근하고 돌아와 빈집의 형광등을 켤 때 어둠 속에서 드러나는 그 얼굴을 나는 충분히 상상할 수 있었다. 전날보다 지쳐 보이는 얼굴, 고독에 침식되고 조금씩 늙어 가는, 끊임없이 마음의 내벽에 상처를 덧내는 자의 얼굴…… 그렇게 20년이 흘러갔다.

그리고 어느 날, 연희는 이전까지의 삶을 정리하고는 백복희와 살던 동네로 되돌아와 간호와는 아무 상관이 없는 식당을 차린 것이다. 아마도 죽기 전에 백복희를 한 번만이라도 만나고 싶다는 염원을 품고……. 연희의 직장이자 거주지였고 존재의 증명이 되었던 복희 식당은 연희의 그 염원이 담긴 또 다른 의미의 편지였으리라. 백복희는 백복순뿐 아니라 연희의 딸인 동시에 지나온 삶이 거짓이 아니었다는 것을 증명하는 단 하나의 진실이었으니까.

백복회는, 추연희의 우주였으므로…….

16

서영과 옛 기지촌을 다녀온 그날 밤, 나는 앓았다. 열이 올랐고, 몸이 녹아내릴 것 같은 강도 높은 피곤에 눈을 뜨는 것도 힘들었다. 며칠 동안 무리를 한 탓인 듯했다. 가장 신경 쓰이는 건 배의 통증이었다. 평소보다 배가 조금 더 튀어나와 보였고 전반적으로 그 감촉이 딴딴해져 있기도 했다. 일찍 잠자리에 들긴 했지만 서영의 침대는 내 등허리와 다리를 불편하게 자극할 뿐이었다.

잠은 오지 않았다.

시간이 흐를수록 이 모든 것이 무사히 지나갈 것이며 나는 언제나처럼 잘 견뎌 낼 거라는 낙관적인 용기는 희미해졌다. 나를 진정 두렵게 하는 건, 그러나 차가운 통증이 아니었다. 우

주의 은신처가 무너질지 모른다는 불안감이었다. *멀어지지 마,*
아무 곳에도 가지 마, 나를 혼자 남겨 두지 마, 제발……. 두 팔
로 배를 끌어안은 채 중얼거리는데, 휴대폰 벨 소리가 울렸다.
나는 튕겨 오르듯 침대에서 벌떡 일어나 기듯이 바닥을 가로
질렀고 가방에서 꺼낸 휴대폰을 두 손으로 꼭 움켜쥐었다.

일주일이나 촬영이 중단되어서 안부 전화를 해 봤다고, 휴
대폰 너머에서 소율이 말했다. 감독과 스태프는 배우를 보호
할 의무가 있으니 도움이 필요할 때는 언제라도 도움을 요청
하라던 소율의 말을 나는 또렷하게 기억하고 있었다. 나는 소
율에게 안부를 전하는 대신, 내 몸의 불안한 상태를 솔직하게
밝혔다.

소율과 서영은 각자 택시를 타고 바로 이태원으로 왔다. 내
상태를 살핀 그들은 인터넷으로 응급실을 운영하는 산부인과
병원을 찾아낸 뒤 택시를 불렀다. 택시 안에서 서영은 내 손을
놓지 않았고 나는 그 온기가 있어서 두려움과 싸울 수 있었다.

응급실에서는 바로 초음파 검사를 받았고, 의사는 무리한
탓에 일시적으로 통증이 온 것뿐이니 당분간 충분히 쉬면 된
다고 진단했다. 나는 의사의 처방대로 별도의 병실에서 수액
을 맞으며 아침까지 쉬기로 했다. 다음 날 아르바이트가 잡혀
있는 소율은 먼저 떠났지만 서영은 내 곁에 머물렀다. 서영에
게 미안했다. 미안했지만, 그녀에게 내 걱정은 하지 말고 그만

돌아가라는 말은 끝내 하지 못했다. 그럴 수가 없었다.

나는 그녀가 필요했다.

"뭐 하나 물어봐도 돼요?"

병실에 불이 꺼지고 병실 너머 복도가 조용해지자, 폭이 좁은 보조 침대에 담요를 덮고 누운 서영이 물었다. 나는 그렇게 조심하지 않아도 된다고, 당연히 뭐든지 물어도 된다고 대답하며 서영 쪽으로 돌아누웠다.

"그러니까 제가 알고 싶은 건……."

"……."

"왜 철로라고 확신하는지, 그게 궁금했어요."

"확신이요?"

"철로에 버려진 게 아니라 청량리역 근처를 헤매다가 철로까지 간 것일 수도 있지 않을까요? 세 살이나 네 살 아이라면 철로가 위험한지도 몰랐을 테니까요. 근데 애초에 버려진 곳이 철로라고 단정해 버리면……."

"……."

"그럼 어린 시절의 자신이 너무 가여워지잖아요."

"……."

침묵이 흘렀다.

나는 아무 말도 못한 채 다시 정자세로 몸을 돌려 천장을 올려다봤다.

그러고 보니 철로는 내가 발견된 곳에 지나지 않았다. 내가 버려지는 과정을 목격한 사람은 없었고, 나를 발견한 기관사는 이제 이 세상에 없다. 게다가 나는 그날뿐 아니라 그날 이전까지의 일들을 기억하지 못하므로 철로 바깥의 풍경은 말해질 수 없는 영역 속에 있는 것이다.

오랫동안 나는 그저 상상했다. 내가 생모와 함께 철로를 따라 걷다가 어느 순간 생모의 손을 놓치는 장면을, 나를 철로에 버려둔 채 멀리 달아나는 생모의 흐릿한 실루엣과 눈물로 범벅된 어린 내 얼굴을, 기차의 급정거 소리와 나를 번쩍 들어서 안은 기관사의 안도의 숨소리를, 마치 객석에 앉아 무대나 스크린을 올려다보듯 거리를 둔 채…….

서영의 말대로 철로에 버려졌다는 단정은 스스로를 가엾게 여기게 하는 힘이 있었다. 그러나 자기 연민은 생이라는 표면에 군데군데 나 있는 깊고 어두운 굴 같은 것이어서 발을 헛디뎌 그곳에 빠질 수는 있어도 그 누구도, 영원히, 그 굴 안에서만 머물지 못한다. 고립이 필연적인 자기 연민에 침잠하던 시절이 내게도 있었으나 그 마음의 상태를 사랑한 적은 없었다, 단 한 번도.

어쩌면 철로는 생모를 미워하기 위해 내가 구축한 관념의 공간인지도 몰랐다. 그건, 단순한 미움이 아니라 이해와 용서를 봉쇄하는 근원적인 미움이었을 것이다. 철로라는 매정한 공간이라면 그녀의 순진한 악도 그곳에 남게 되니 그녀를 이해하고 용서하는 일은 내가 감당하지 않아도 되는 것이다. 어쩌면 나는 그녀를 미워하는 힘으로 살아왔으며, 그녀의 절박한 상황을 이해하고 나를 버린 선택을 용서할까 봐 두려워했던 건지도 모른다. 서울의 산부인과 병실이라는 내 삶의 뜻밖의 공간에서 나는 그제야 깨닫는다. 생모의 한 조각이라도 복원할 수 있는 단서를 찾고 싶어 했으면서도 타협 없이 그녀를 미워하면서 생의 일부를 다 살아 버렸다는 것을…….

피곤했는지 그새 잠이 든 서영은 옅게 코를 골기 시작했다. 담요 밖으로 나온 서영의 두 다리를 물끄러미 내려다보다가 팔을 뻗어 한쪽으로 말려 있는 담요를 정돈해 주었다. 통증과 피곤은 거짓말처럼 사라지고, 내가 올려다보는 천장에는 청량리역의 철로만이 끝없이 펼쳐졌다. 낯선 곳이란 걸 감지했는지 그 밤, 우주는 나와 함께 오랫동안 뒤척였다.

*

다음 날, 10시가 넘어 겨우 눈을 떴을 때 서영은 보이지 않았다. 서영이 누웠던 자리에는 약속이 있어서 인사도 없이 먼저 간다는 메모가 놓여 있었다. 바쁜 와중에 이곳까지 나를 따라와 불편한 침대에서 하룻밤을 보낸 서영의 수고를 생각하니 내 존재 자체가 거추장스럽기만 했다. 내가 받은 이 호의를 되돌려 줄 어느 날을 상상하면 미안한 마음이 조금은 희석된다는 게 그나마 위안이라면 위안이었다. 서영에게 아직 말하지 않았지만, 나는 한국에 와서 새 작품을 구상했고 도입부는 이미 어느 정도 완성했다. 프랑스 국적의 한국계 입양인이 파리에 여행을 온 노년의 한국인 여성 — 그녀는 젊은 시절, 미혼 상태에서 낳은 딸을 아무도 모르게 프랑스로 입양 보낸 이력을 갖고 있었다. — 과 우연히 만나 하루를 함께 보내는 내용이었다. 그들은 모녀관계는 아니지만 서로에게서 엄마와 딸의 모습을 상상하며 우정을 나눈다. 아니, 우정 이상의 교감을……. 극 중 한국계 입양인의 한국 이름이 서영이었다. 언젠가 그 극작이 무대에 오르게 된다면 나는 서영과 소율, 가능하다면 은까지 프랑스로 초대할 생각이었다. 비행기표와 여행 경비는 대 주지 못하겠지만 내 스튜디오 아파트에서 숙식을 해결할 수는 있을 것이다. 밤에는 그들이 관심을 보였던 앙리의 영화를 보여 주고 싶었다. 영화가 끝나면, 차가운 맥주를 나눠 마시며 한국에서 있었던 일들을 웃으면서 이야기해도 좋으리라.

그때쯤이면 우주는 얼마나 자라 있을까. 무사히 태어나 건강하게 성장하고 있을까. 우주가 우주로 결정된 순간의 여름 풍경, 그러니까 바람의 방향과 나뭇잎의 색깔, 그리고 구름의 모양을 나는 이미 우주에게 전해 준 후일까. 내가 바라는 건 우주의 건강과 평화, 오직 그뿐인데 누군가 내 삶에서는 그마저 너무 큰 욕심이라고 단언할까 봐 나는 종종 슬퍼지곤 했다. 내 주변에는 그토록 잔인한 말을 할 사람이 없다는 걸 알면서도 그 목소리는 내가 전망하는 미래에 안개처럼 혼탁하게 깔려 있었고, 나는 자주 내게 남은 시간이 두려웠다.

회진을 온 의사는 내 상태를 살핀 뒤 보호자가 데리러 올 때까지 병실에서 더 쉬어도 된다고 말했다. 보호자가 없다는 걸 밝히면 의사의 얼굴이 복잡해질 것 같아 나는 그저 알겠다고만 대답했다. 점심으로 병원에서 제공하는 영양식을 먹고 있을 때, 방금 출산을 마친 산모가 침대에 실려 병실로 들어왔다. 그녀의 남편과 부모, 그리고 남편의 부모도 침대를 따라 들어왔으므로 2인용 병실은 이내 사람들로 꽉 찼고 격려의 말과 안도하는 웃음이 한동안 이어졌다. 영양식을 마저 먹으며 내 머리를 쓰다듬는 앙리의 손바닥을 상상했다. 나나. 내가 천천히 고개를 들면 그는 푸른빛과 잿빛이 혼합된 눈동자로 고요히 나를 내려다보며 몇 번이고 내 이름을 부를 터였다. 나나, 나나. 다정한 목소리로, 내가 외로워 보일 때면 그는 늘 그렇게 했으므로, 그가 살아만 있다면.

오후가 더디게 흘러갔다.

저녁 무렵 퇴원 수속을 마치고 병원에서 나왔을 때, 나는 서영의 집으로 가는 대신 지하철을 타고 청량리역으로 갔다. 한번 더, 그리고 내 생에서 마지막으로 청량리역의 철로를 눈에 담고 싶었다.

17

저녁에서 밤으로 이동하는 시간, 청량리역 플랫폼은 고요했다.

오프닝 신을 찍을 때 내가 보았던 복잡하고 시끄러웠던 풍경은 꿈속의 일인 듯 멀게 느껴질 정도였다. 기차 한 대가 정차해 있는 5번과 6번 라인을 제외하면 모든 철로가 텅 빈 상태였고 오가는 사람도 드물었다.

어둠이 짙어지자 형광등과 자판기, 표지판 주위에 번져 있던 인공의 불빛이 대기 속으로 스며드는 속도가 빨라지기 시작했다. 청량리에서 부산으로 가는 무궁화호 기차가 출발하는 것을 지켜본 뒤에야 나는 벤치에서 일어나 플랫폼의 끝을 향해 한 발 한 발 걷기 시작했다. 눈을 감았다. 앞이 보이지 않게 되자 그제야 플랫폼 아래 철로에서 나와 평행을 이루며 걷는 문주를 느낄 수 있었다.

뒷짐을 진 채 허밍을 하며 문주는 음표처럼 걸었다. 나를 닮은 여자, 아니 나와 똑같은 한 사람, 그녀가 지금 이곳에 와 있다고 느낀 순간부터 철로에 깔린 자갈을 밟는 가상의 발소리만이 내 감각의 전부가 되었고, 그 규칙적인 발소리는 이렇게 눈을 감고 걸어도 나는 절대적으로 안전할 거라는 믿음을 주었다. 스크린의 바깥에 와 있는 거라고 생각했다. 그러니까 이곳은 내 삶의 비깥, 문주의 영역인 것이다.

문주와 함께라면 어디라도, 언제까지고 걸을 수 있을 것 같았지만 플랫폼이 끝나는 지점에서 내 걸음도 멈췄다. 플랫폼 끝에서 눈을 뜨고 바라본 철로의 저편은 굴속처럼 어두웠고, 어둠 속 철로는 대전이나 부산 같은 도시가 아니라 무형의 차가운 공허로 이어질 것만 같았다. 문주는 멈추지 않고 그 어둠을 향해, 이번엔 전투적일 정도로 저벅저벅 걸어가기 시작했다. 상상 속에서도 늘 그랬듯 나는 그녀를 돌려세우지 않았다.

조금씩 멀어져 가던 문주의 뒷모습이 내 시야가 닿는 가장 먼 곳에서 감쪽같이 사라졌을 때, 나는 그녀가 철로에서 완전히 벗어났으며 다시는 이 공간에 있는 모습으로 상상되지 않으리란 걸 예감했다. 그토록 긴 세월 나의 정체성인 동시에 고통이 은닉된 장소이기도 했던 철로는 이제 더 이상 나를 대변

할 수 없을 것이다. 철로가 불확실해지자, 순진하게 악하다는 생모에 대한 단정도 무의미해졌다. 암흑 속의 여자, 까만 봉지에 봉합된 한 생애, 현재뿐 아니라 미래에도 그 무덤조차 알려지지 않을 사람, 나는 이제 그녀에 대해 그 무엇도 안다고 말할 수 없는 처지가 되었다.

마침 빗방울 하나가 콧등에 떨어졌다. 입체적인 공간으로 다시 입장했다는 것을 알리는 신호인 듯, 빗방울의 차가운 감촉이 살갗에 닿은 뒤에야 여러 소음이 들렸고 비 냄새도 맡아졌다. 빗방울이 늘어 갔다. 그건, 물이 구름이 되었다가 다시 물로 되돌아오는 과정을 담은 자연의 시계였다. 뒤를 돌아봤다. 평평한 사각형 모양의 세계는 그곳에 없었다.

＊

서영의 집으로 돌아와 뜨거운 물로 샤워를 한 뒤 손과 발에 로션을 바르는데 연희가, 아니 연희의 늙고 작은 손이 떠올랐다. 공동 간병인은 연희의 길어진 손톱을 알아차리고 조심히 깎아 주었을까. 궁금했다. 아니, 아닐 것이다. 나는 거의 확신했다. 여러 환자의 배설물과 가래를 처리하고 욕창 방지용 마사지를 해 주는 것만으로도 정신없이 바쁠 공동 간병인이 개별 환자의 손톱까지 신경 쓸 여력은 없을 것이다.

사흘 전 연희의 병실에 갔을 때, 죽음을 기다리는 환자에게 수술이나 치료도 행하지 못한 채 병실에 방치하는 건 의미가 없으니 병원 측은 요양원이든 호스피스 병동이든 환자를 보내길 바라지만 환자는 의식이 없고 보호자는 겨우 수납만 할 뿐 나타나지 않아서 조치를 취하지 못하는 거라고, 그 앳된 간호사는 처음 만났을 때 했던 말을 또 한 번 들려 주었다. 그때 나는 추연희라는 한 인간이 이 세계에서 아무런 문제도 일으키지 않고 조용히 소멸되길 모두가 기다리는 것 같다는 생각을 떨칠 수 없었다. 피를 식게 하는 생각이었다.

손톱깎이를 가방에 미리 넣어 둔 뒤, 연희가 의식을 잃은 날짜를 헤아려 보았다. 2주 전에 연희는 쓰러진 채 발견됐고 내가 연희의 가계부를 본 것도 그날이니 백복순의 기일은 이미 지나갔을 것이다. 그렇구나, 중얼거리며 저녁 식사를 하기 위해 냉장고에서 음식 재료를 꺼내는데, 그 순간 가계부의 메모 옆에 나열되어 있던 몇 개의 숫자들이 출렁이는 기억의 표면 위로 마치 빈 가방들처럼 갑자기 떠오르기 시작했다. 나는 자리에서 벌떡 일어나 정신없이 현관문을 열고 밖으로 나갔다. 그 숫자들이 백복순의 무덤을 아는 사람의 전화번호라는 확신이 들었던 것이다.

빗물에 젖은 스물일곱 개의 계단을 지나 1층으로 내려가 보니 복희 식당 문은 그새 자물쇠로 잠겨 있었다. 아마도 식당 임대인이 소식을 듣고 와서 저 자물쇠를 달아 놓고 갔을 것이다. 식당 뒤편으로 가 보았다. 쓰레기를 버리는 작은 공터가 나왔고 연희의 방과 이어지는 창문도 보였다. 재활용 쓰레기 더미에서 상자 몇 개를 가져와 그것을 밟고 창문을 통해 연희의 방으로 넘어가는 건 어렵지 않았다. 창문 밑에 선반이 놓여 있어서 안전하게 발을 디딜 수 있었던 것이다. 방으로 넘어온 뒤 스탠드를 켜자 처음 이 방에 들어왔을 때처럼 옅은 주황빛 조명이 금세 방 전체로 퍼져 갔고 눈에 익은 작은 가구들과 남루한 옷들과 날개가 부서진 선풍기가 차례로 눈에 들어왔다.

연희의 가계부는 이불 위에 펼쳐진 채 그대로 놓여 있었다. 떡, 녹두가루, 배, 사과라고 적힌 메모 옆에 휘갈겨 쓴 그 숫자들을 휴대폰에 바로 입력한 뒤 통화 버튼을 눌렀다. 신호음이 열 번 정도 지나간 뒤에야 통화가 연결됐다. 잠결에 전화를 받았는지 여보세요, 묻는 저편의 목소리는 푹 잠겨 있었다. 중년 여성의 목소리였다. 백복순……. 나는 조심스럽게 입술을 뗐다.

"백복순, 거기에 백복순 씨 무덤이 있나요?"

귀찮아하는 목소리로 뭐라고요, 되물으면서도 여자는 전화를 끊지 않았다. 부스럭거리는 소음이 한차례 지나간 뒤 여자가 무슨 말인가를 했는데, 그 말에는 한번에 알아듣기 어려운 단어가 너무 많이 포함되어 있었다. 위패, 재와 시주, 영가 같은 단어들……. 일단 연희의 가계부 한쪽에 그 단어들을 적어 놓은 뒤 여자에게 그 의미를 물으려 했지만 더 이상 통화를 지속할 수는 없었다. 여자의 목소리에 집중하는 게 불가능할 정도로 밖이 소란스러웠던 것이다. 먼저 유리가 깨지는 강렬한 파열음이 귀청을 때렸고, 그 뒤로 한 사람의 새된 목소리가 길게 이어졌다.

*

노파였다.

노파가 복희 식당 유리문을 무언가로 깬 뒤, 깨진 유리 위에 주저앉은 채 누구를 향한 것인지 알 수 없는 욕설을 내뱉고 있었다. 젖은 면 셔츠는 헐렁하게 늘어져 때가 탄 브래지어가 드러난 상태였고, 꽃무늬 바지 한쪽은 무릎 위까지 말려 올라가 있었다. 종아리와 팔뚝에는 유리에 긁히거나 찔린 상처가 여럿 보였고 상처 주위로는 피가 흐르고 있었다. 오가는 사람들이 노파를 흘끗거렸지만 노파는 타인을 의식하는 감각을 이미 상실한 듯했다. 가까이 다가가자 강렬한 술 냄새가 훅 끼쳐 왔다. 도시의 온갖 쓰레기 냄새와 찌든 땀 냄새가 섞여 있는, 이전까지 한번도 맡아 본 적 없는 종류의 역한 냄새였다.

"내 거라고, 식당 안에 있는 거 다 내 건데 왜 자물쇠를 달아 놔. 누구 멋대로 수작이야. 안 그래, 3층?"

내가 와 있다는 걸 알아챘는지 노파가 히뜩 날 올려다보며 그렇게 물었다. 동조해 달라는 듯, 풀어헤쳐진 채 얼굴에 착 달라붙은 반백의 머리칼 사이로 노파의 눈동자가 간절하고도 순하게 일렁였다. 그쳤던 비가 다시 내리기 시작했다. 주변 건물의 창문들이 서둘러 닫혔고, 골목엔 비가 내리는 소리만이 물결인 듯 너울거렸다. 장작이 타들어 가는 소리를 닮은 빗소리였다.

일단 비를 피해야 한다는 생각에 노파의 두 팔을 잡아 일으켜 세우자 너 때문이야, 노파가 중얼거렸다.

"뭐가요?"

"3층 네가 들쑤셔 놨어. 다 잊었는데, 거의 잊을 뻔했는데, 너 때문에 도로 다 기억났어. 다, 다아!"

비의 서늘함이 노파로 하여금 조금이나마 술에서 깨도록 해 준 것일까. 뒤로 갈수록 언성을 높이다가 결국 목에 핏줄이 돋도록 소리를 내지른 노파가 이내 제힘으로 자리에서 벌떡 일어났다. 노파는 식당 안으로 터덜터덜 걸어 들어가며 계속해서 중얼거렸다.

"너무 많이 지웠어. 너무 많이……."

"……."

"일곱 이후론 안 셌어. 그치만……."

"……."

"그치만 난 알지. 무서울 만큼 정확하게 알아. 전부……."

"……."

"열하나야. 열하나를 지웠어."

"……."

냉장고에서 소주를 꺼내 병째로 들이켠 뒤 소매로 거칠게 입술을 박박 닦으면서도 노파는 중얼거림을 멈추지 않았다. 나는 노파의 말이 밖으로 새 나가지 못하게 하겠다는 듯 깨진 유리문을 등지고 선 채 노파를 건너다봤다. 노파와 나의 시선이 허공에서 헐겁게 얽혔다가 풀렸다.

노파는 곧 연희나 백복희가 아닌 자신의 삶에 대해 이야기할 것이다. 나는 알 수 있었다. 노파는 내내 자신의 이야기를 하고 싶어 했으니까. 내가 연희의 생애를 궁금해하고 듣고 싶어 하는 것에 부러움을 넘어 질투를 감추지 못했으니까. 노파도 연희만큼 늙었다. 노파의 좋거나 좋지 않은 무언가를, 아니, 그저 자신이 이 세상에 살았다는 그 사실만이라도 다른 사람이 기억해 주길 욕망할 만큼은 충분히. 이제 복희 식당은 무대가 될 것이고 식당 안으로 흘러들어오는 가로등 불빛은 배우를 비추는 조명이 될 것이다. 나는 지금 텅 빈 객석을 지키는 관객인 것이다.

노파가 이야기하기 시작했다.

옛 기지촌의 클럽에서 노동하는 젊은 여성일 때, 노파는 정기적으로 임신을 했고 임신 사실을 알게 되면 즉시 보건소로 가서 수술을 받았다. 기지촌에 소속된 여자들에게 그 수술은 성병 검사만큼이나 일상적인 일이었다. 노파의 삶이 뒤틀리기 시작한 건 마지막 열한 번째 수술 이후였다. 그 수술로 노파의 열한 번째 아이는 이전까지의 열 명의 아이들이 그랬듯 성공적으로 제거됐지만, 대신 노파의 자궁은 복원될 수 없을 만큼 망가지고 말았다. 수술을 마친 보건소 의사는 앞으로 다시는 임신할 수 없다고 진단했다. 노파는 신경 쓰지 않았다. 이 빌어먹을 세상에 생명을 남길 마음은 애초부터 없었다.

문제는 수술 이후였다. 열한 번째 수술을 받은 뒤부터 남자와 몸을 섞을 때마다 희열은 사라지고, 대신 살이 찢기는 듯한 극심한 고통이 시작됐던 것이다. 도무지 그 일을 계속 할 수 없었다. 아예 불가능했다. 상품성이 떨어진 노파를 찾는 사람은 더 이상 없었고 노파는 곧 골방에 갇혔다. 클럽 사장과 종업원뿐 아니라 단골손님들과 애인처럼 만나던 몇 명의 미군들 모두, 한순간에 그녀에게서 등을 돌렸다. 노파에게 남은 건 클럽 사장에게 갚아야 할 빚—놀랍게도 그 빚에는 열한 번의 수술 비용도 포함되어 있었다.—과 향정신성 계열의 싸구려 알약인 옥타리돈 몇 알뿐이었다. 노파는 자신이 곧 더 외지고 더 더러운 어딘가로 팔려 가리란 것을 예감했다.

"그래서요?"

나는 차갑게 물었다. 노파는 온기를 잃은 내 목소리를 감지하지 못한 듯 아무런 표정 변화 없이 소주를 한 모금 더 들이켠 뒤 빈 의자에 털썩 주저앉았다. 마침 식당 유리문 밖으로 헤드라이트를 켠 자동차가 지나가면서 노파의 옆얼굴이 순간적으로 환하게 밝아졌다. 헤드라이트 불빛 속의 노파는 잠시, 젊은 여자처럼 보였다.

"도망 나왔지, 거기서. 새벽에 용케 도망 나와 서울역에서 기차표를 사려는데, 그제야 알았네, 내가 갈 데가 없다는 걸. 부모도 형제도 다 버리고 십 몇 년을 이태원 바닥에서 살았는데 어디를 갈 수 있겠어, 대체. 남은 돈으로 술을 진탕 사 마시고 나니 걸음이 절로 이태원으로 향하대. 클럽 사장한테 걸리면 끝장이란 걸 알면서도 그랬지. 하기사 죽자, 차라리 죽자, 그런 마음이었으니까. 이태원 바닥 어디쯤에서 내 구두를 벗어 그걸 베고 쓰러져 자는데 그이가 퇴근하다가 날 본 거야. 보건소에서 여러 번 날 봤다면서, 먼저 다가왔지."

"……."

"어제까지 언니, 허니, 하며 살갑기만 하던 사람들도 쓰레기처럼 날 버렸는데, 그이는 내가 누군지 잘 알지도 못하면서 집으로 데려가 밥도 먹게 하고 약도 갖다 주더라고. 소문 안 나게 집에만 숨어 있으라고 했지, 자기 집은 안전하다고. 뭔 약을 먹였는지 그놈의 옥타리돈 생각도 안 나고, 한동안 살 만했지."

"……."

"그래, 3층 말이 맞아, 나 실은 백복순이를 알아. 내가 그 집에 갔을 때부터 백복순이가 있었네. 아직 젖살도 다 안 빠진 열여덟 처녀 애가 배불뚝이가 돼서는……. 오가다 본 적이 있는지 얼굴은 낯이 익었지만 말 섞은 건 그때가 처음이었는데, 백복순이가 그랬지, 열다섯 살부터 공장에서 일했다고. 근데 그 망할 공장에서 하도 월급을 떼여서 직업소개소에 갔다가 이태원으로 흘러온 거라고."

노파의 말에 따르면, 백복순은 그때 만삭이었다. 만삭에 이른 백복순도 성 기능을 잃은 노파처럼 버려져 연희의 집에서 보호를 받고 있었던 것이다.

그 한 계절, 노파는 연희가 일군 그 가족의 일원으로 살았다. 연희가 출근하면 집안일을 했고, 출산 이후 시름시름 앓던 백복순 대신 백복희를 안아서 달래 주거나 씻겨 주기도 했다. 웃었다. 백복희가 있어서 노파는 다시 웃을 수 있었다. 노파는 백복희의 세 번째 엄마이자 백복희가 기억하지 못하는 또 한 명의 가족이었던 셈이다. 그런데 노파가 연희의 집에서 한 계절 만에 도망쳐 나온 건, 아이러니하게도 노파를 웃게 했던 바

207

로 그 백복희 때문이었다. 백복희는 노파에게 세상의 빛을 보지 못하고 사라진 열한 명의 아이들을 떠올리게 했고 노파는 그것을 견딜 수 없었다. 수술 도구로 갈가리 찢긴 채 꺼내어진 뒤 그 살과 뼈는 쓰레기통에 버려지고 피는 수챗구멍으로 흘러간 그 아이들이 살았다면, 살해되지 않았다면, 백복희처럼 웃고 울고 투정 부리며 어떤 식으로든 살아남았을 거라고 생각하자 고통이 시작됐다. 내장이 썩어 들어가는 것 같은 고통이었다.

노파는 어느 날 말도 없이 연희의 집에서 나와 이태원을 떠났다. 그동안 떠나지 못했다는 것이 믿기지 않을 만큼 그야말로 훌쩍 떠나 버렸고, 백복순이 죽고 백복희가 입양된 이후 다시 연희에게 돌아왔다. 노파와 연희 모두 40대에 접어든 때였고 노파를 찾던 클럽 사장은 다행히 감옥에 들어가고 없었다. 그때 연희는 껍데기만 남은 사람처럼 집과 보건소만을 오가는 생활을 하고 있었는데, 눈빛이나 얼굴에 한줌의 생기도 없었다. 혼자 늙어가는 중년의 여자, 그게 다였다. 얼마 못 가서 이번엔 연희가 이태원을 떠났다. 노파가 짐작했던 일이었다. 연희가 20년 만에 이태원으로 돌아와 식당을 열기 전까지, 노파는 다시는 연희를 만날 일이 없을 거라고 생각했었다.

"백복순이 무덤을 찾는다고? 무덤은 없어. 야산을 통째로 밀어 버리고는 그 위에 집도 짓고 교회도 짓고 그랬는데, 묘비도 묘석도 없는 백복순이 무덤을 누가 거둬 줄 생각이나 했겠어. 그때는 그이도 여길 뜨고 없었는데. 백복순이 뼛가루 같은 건 이 세상에 없다고, 알아들어?"

"……."

"근데, 3층, 이것도 아나? 난 백복순이가 부러워. 미쳐 버릴 정도로 부럽다, 나는. 백복순이는 복희 그거 하나를 지켰어. 지켜 냈지. 복희는 살았잖아. 살아서, 다 커서는, 이제 제 어미 무덤을 찾고 있지. 난 혼잔데, 죽어서도 제대로 인간 대접 못 받고 어디 공동묘지 구덩이에 묻힐 텐데, 망할 인생, 그렇게 끝날 텐데……."

"……."

"전해 주소. 그이가 보고 싶어 했다고, 애가 닳도록 보고 싶어 했다고, 오늘 보고 내일 죽어야 한대도 원 없이 보고 죽겠다고 말하던 위인이었다고, 복희한테 다 전해 주소……."

"……."

나는 듣고만 있었다. 표정 없이, 어떤 마음도 품지 않기 위해 애쓰며, 온도도 색깔도 없는 존재인 양…….

"그리고……."

"……."

"파주에…… 파주에 가 보라고 해."

"……."

209

"거기 보광사인가 하는 절에 그이가 백복순이 위패를 하나 놨어. 위패라고, 죽은 사람 이름이랑 죽은 날짜 적어 놓은 나무야. 그 나무가 죽은 사람 영혼이라 여기고 제사도 지내 주고 기도도 해 주는 거라고."

알 것 같았다, 그 모든 상황을. 내가 연희의 방에서 통화한 여자는 파주의 절에 기거하는 관리자일 것이다. 연희는 죽어서도 보호받지 못한 백복순을 위해 나무 조각 하나에 그 영혼이 깃들 수 있는 작은 거처를 마련해 준 것이다. 연희는 주기적으로 그 위패를 보러 갔을 것이고 그때마다 백복순의 평온과 자유를 빌었을 것이다.

나는 주방으로 뚜벅뚜벅 걸어가 싱크대 두 번째 서랍에서 아직 포장을 뜯지 않은 새 행주 하나를 찾아냈다. 행주를 물에 적신 뒤 다시 노파에게 다가가 드러난 팔과 종아리에 맺힌 핏물을 최대한 조심스럽게 닦으며, 나는 노파를 향한 내 강렬한 적의를 인정했다. 그 적의는 노파가 그토록 많은 생명을 저버렸다는 사실에서 기인했겠지만, 그것이 전부는 아니었다. 그 열한 명의 아이들에게는 이 세상에 발자국 하나 남기지 않고 사라진 것이 외면받고 버려지는 과정보다는 나았을지 모른다는 절망적인 생각을 나 역시 하고 있었기 때문이다. 그러니까 내가 노파를 이해하고 있다는 것이, 적의를 품으면서도 그 선택을 헤아린다는 것이 내 적의의 실체였다. 작은 적의와 큰 적의, 두 겹의 적의…….

"이봐, 이 말을 믿을까?"

내 복잡한 심경을 알 리 없는 노파가 한층 누그러진 목소리로 물었다.

"나는 노래하고 연애하면서 돈 벌려고 내 발로 이태원으로 왔지. 백복순이하고는 달랐어, 완전히 달랐다고. 이래 봬도 나한텐 특권이 있었어, 알아? 나는 내가 자고 싶어 하는 남자하고만 잤네. 그게 그 당시 이태원 바닥에서 얼마나 대단한 거였는지 3층 너는 죽었다 깨어나도 모를 거다. 속으로는 짐승 취급하고 창녀니 갈보니 비웃던 그 치들이이! 다아! 내 발아래에에!"

"……."

"다 내 발아래에 있었다, 다아. 그 시절에 이 대한민국 땅에서 나만큼 자유롭게 산 여자가 있을 것 같아? 나는! 세상 전부를 내 발아래 놓고 실컷 비웃으며 살았네, 근데에에!"

"……."

"근데…….”

"……."

"근데, 이젠 이 몸뚱이 하나가 전부라고 하네. 온갖 오물 썩는 냄새가 나고 아무도 만져 주지 않는 늙은 몸뚱이, 참 신기하다, 나는……. 이렇게 순식간에 늙어 버렸다는 게, 여기서 더

외로워질 수가 있다는 게, 신기하고 재밌어. 더 살날이 남았다
는 게, 내일도 눈 뜨고 일어나야 한다는 게…….”

“…….”

노파가 검은 입안을 드러내며 웃었다.

웃었고, 동시에 흐느꼈다.

나는 그저 노파의 팔과 종아리를 마저 닦아 주었을 뿐이다.
여전히 노파의 이름을 알지 못한 채였고, 앞으로도 모를 이름
이었다. 이름은 모르지만, 아주 많은 시간이 흐른 뒤 노파를
떠올릴 때면 본 적도 없는 젊은 시절의 노파가 가장 먼저 눈앞
에 그려지리란 건 알 수 있었다. 가령…….

가령 이런 밤의 노파일 것이다.

노파, 아니 여자는 팝송이 흐르고 왁자지껄한 웃음소리로
들썩이는 클럽에서 휘청거리며 걸어 나와 벽에 기대선다. 아
직 술의 지배를 받지 않았던 때, 지금처럼 얼굴이 까맣지도 않
고 치아가 상하지도 않았으며 몸에서는 화장품 냄새만 나던
시절의 여자는 사랑받는 법을 아는 고양이처럼 나른하고 태만
해 보인다. 클럽 간판의 깜빡거리는 네온사인이 짙은 화장을
한 여자의 얼굴에 어른거리고, 여자는 벽 틈에서 피어난 노란
색 꽃 한 송이를 가만히 내려다보다가 허리를 숙여 꽃의 목을
꺾는다. 클럽 안에서는 여자와 자고 싶어 하는 남자들이 한 목
소리로 여자의 이름을 부르고 있다. 여자가 꺾은 꽃을 바닥에

버리고는 충만한 슬픔으로 웃으며 뒤를 돌아본다. 여자는 그들 중 누구도 사랑하지 않는다. 아무도 자신을 소유하거나 지배할 수 없다고 믿는다.

먼 미래의 어느 날, 아마도 여느 때보다 깊은 외로움이 밀려오는 날, 내 외로움은 노파의 오래된 하루를 빌려 그렇게 완성되어 갈 것이다. 내 것인지 노파의 것인지 알 수 없는, 저쪽으로 전가되었다가 다시 이쪽으로 전가되는 실타래 같은 외로움이. 인생은 꿈인지 생시인지 구분할 수 없을 만큼 쏜살같이 지나가고 그 밑바닥에 정제되어 남는 건 외롭고 쓰라린 것……

미안하지만, 때로는 그것이 인생이야, 나의 아가.

18

그리고 일주일 뒤, 백복희가 한국에 왔다.

공항에는 서영과 소율, 그리고 은이 모두 동행했다. 나와 백복희가 만나는 장면을 필름에 담기 위해서였는데, 백복희는 서영의 영화를 소개한 내 이메일에 촬영을 허락한다는 답장을 이미 보내왔었다.

입국장으로 들어오는 사람들 속에서 나는 단박에 백복희를 알아볼 수 있었다. 백복희가 답장을 보내올 때 첨부한 사진 파일을 통해 그녀의 최근 모습을 미리 확인한 데다, 그런 과정이 없었더라도 현재의 백복희에게서 연희가 보여 주었던 사진 속 어린 백복희의 얼굴을 찾는 건 어렵지 않았던 것이다. 백복희는 아마도 백복순에게서 눈과 입술의 형태를 물려받았을 것이다. 검은 피부색과 곱슬거리는 머리칼 때문에 첫눈에는 흑인으로 각인되겠지만 자세히 들여다보면 동양인의 생김이 고스란히 들어 있는 얼굴이었다. 나와 넘버 원 닮은 사람……. 연희가 백복희의 사진을 보여 주며 그렇게 말했을 때는 그 말이 심정적인 차원일 뿐이라고 여기고 말았지만, 이제는 그 의미를 조금은 알 것 같았다. 피부색과 체형은 달라도, 우리의 얼굴을 포개 놓는다면 몇 개의 선이 자연스럽게 겹쳐질 게 분명했다. 그런 생각을 하는 동안, 갑작스러웠던 그 밤의 정전과 촛불에 이끌렸던 내 발걸음, 벽에서 일렁이던 연희의 그림자, 그리고 내 속을 편하게 해 주었던 백순두부탕의 순한 맛이 연이어 떠올랐다.

내가 손을 흔들자 백복희는 곧 내게로 걸어왔고 우리는 웃으며 포옹했다. 서영의 카메라에는 불이 들어왔고 소율과 은은 각자의 촬영 도구인 마이크와 조명판을 들어올렸다. 그녀와 나 사이의 대화는 더할 나위 없이 자연스러웠는데, 그건 백복희가 구사하는 언어가 프랑스어여서이기도 했고 그녀의 표현에 풍부한 감정이 실려서이기도 했다. 늘 북극처럼 추웠던 기억 속 한국이 브뤼셀보다 덥다는 게 믿기지 않는다고 말하면서는 명백하게 놀란 표정을 지어 보였고, 함께 사는 남자 친구를 데려오려 했지만 일이 바빠 그러지 못했다고 밝힐 때는 얼굴 전체에 아쉬운 마음이 그대로 전해졌다. 내 이메일을 통해 백복순의 위패에 대해 알고 있던 백복희는 파주의 절은 호텔에 짐을 푼 뒤 내일 혼자 가 보려 한다고 덧붙여 말했다. 물론 그녀에게는 호텔보다 먼저 갈 곳이 따로 있긴 했다. 내가 그녀를 그곳까지 데려다줄 터였다.

공항철도 열차 안에서 백복희와 나는 나란히 앉았다. 그녀는 나나 대신 문주라고 나를 불렀는데, 어느 순간 나는 그녀가 '복희'라는 이름의 뜻을 알고 있는지 궁금해졌다.

"뜻은 알죠. 하지만 한자에 대해서는 아는 게 없어요."

백복희가 대답하자, 우리 곁에 서 있던 은이 수첩에 무언가를 쓴 뒤 백복희에게 건넸다. 수첩에는 '白福禧'가 쓰여 있었고 백복희는 은에게서 그 한자가 자신의 이름이란 설명을 듣고는 아이처럼 손뼉을 치며 좋아했다. 은의 수첩을 들여다보는 백복희의 얼굴은 이내 진지하게 변했다. 무언가가 떠오르는 듯 미간을 좁혔고 간간이 손바닥으로 얼굴을 문지르기도 했다. 복순의 '복'과 연희의 '희'가 합쳐진 이름이 복희라는 걸 그녀가 모를 리 없었다. 지금 그녀는 나 역시 상상한 적 있는 그 장면 속에 있으리라. 젊은 연희와 어린 백복순이 가무잡잡한 갓난아기를 골똘히 내려다보며 이름에 대해 상의하는 장면, 그러다가 그들 중 누군가가 각자의 이름에서 한 글자씩 딴 '복희'를 제안했을 것이고 다른 한 사람은 곧바로 동의했을 것이다. 백복희, 하나의 생명을 온전히 지키겠다는 두 사람의 소망이 결합된 이름…….

 나는 백복희에게, 연희가 입양 절차를 마치고 몇 년 뒤 이태원을 떠났다가 20년 만에 돌아와 식당을 개업했는데 그 식당의 이름도 복희라는 것을 알려 주었다. 백복희는 싱긋 웃으며 식당의 주소를 물었고 휴대폰의 구글 지도로 위치를 찾아보기도 했다. 노파가 들려준 이야기는 전할 수 없었다. 연희와 백복순이 만난 과정이나 노파가 한 계절 동안 백복희를 보살펴 주었다는 걸 이야기하려면 백복순의 직업을 밝히지 않을 수 없는데, 그건 내가 절대로 할 수 없는 일이었다. 물론 백복희는 백복순의 직업을 알고 있었다. 이태원이라는 거주지와 백복희의 피부색은 백복순에 대한 너무도 확연한 단서였으므로 누구라도 백복희를 통해 백복순이 했던 일을 파악할 수 있었다. 자신의 엄마가 어떻게 불렸는지, 어떤 대우를 받았고 어떤 식으로 살아왔는지 알게 되었을 때 백복희의 아픔은 시작되었을 것이다. 그 누구도 감히 이해한다고 말해서는 안 되는 부류의 아픔이…….

*

 백복희와 연희, 둘만의 시간을 마련해 주기 위해 다른 사람들은 병실 밖에 남아 있기로 했다. 나는 백복희에게 연희가 이여름을 넘기지 못할 것 같다는 의사의 진단까지는 말하지 못한 상태였는데, 연희의 나이와 병환을 감안했을 때 이번 만남이 마지막이 되리란 건 그녀 역시 충분히 짐작하고 있을 터였다.

백복희는 한 시간 정도 후에 병실에서 나왔다.

병실에 머무는 동안 설명하기 힘든 여러 감정을 감당했을 백복희는 지친 듯 보였지만, 이내 특유의 씩씩한 모습으로 되돌아와 내 어깨를 쓰다듬으며 괜찮다고 말했다.

"나는 정말 괜찮아요, 문주. 아픈 사람은 내가 아니라 연희잖아요."

성대가 아니라 마음에서 형성되었을 그 목소리는, 그러나 아주 조금은 떨렸다.

백복희가 예약한 호텔이 병원에서 멀지 않았으므로 우리는 자연스럽게 저녁을 함께 먹기로 의견을 모았다. 백복희에게 벨기에서 살면서 간절히 먹고 싶었던 한국 음식이 있었느냐고 물어보자, 그녀는 곰곰이 생각해 보더니 한국말로 '자장면'이라고 대답했고 그 대답에 곁에 있던 서영과 소율, 은이 동시에 똑같은 질감의 미소를 지어 보였다. 백복희와 내가 그 미소의 의미를 물으니, 한국 사람에게 그 음식은 적어도 한 가지 이상의 추억을 떠올리게 하는데 복희 씨가 가장 먹고 싶었던 음식으로 자장면을 고르니 좋고 신기해서, 라고 소율이 영어로 설명해 주었다. 그러고 보니 정우식 기관사의 집에서나 고아원에서도 특별한 날이면 중국 식당에 가서 그 음식을 먹곤 했다.

"백복순 님의 무덤이 남아 있지 않은 건 유감이에요."

병원에서 나와 중국 식당을 향해 천천히 걸어가며 나는 백복희에게 조심스럽게 말했다. 내내 마음에 걸려 있던 말이었다.

"어차피 무덤 안의 유골도 무기질일 뿐이잖아요. 엄마의 영혼이 컴컴하고 답답한 관이 아니라 빛과 바람에 노출된 위패라는 나뭇조각에 머물고 있다니, 나는 오히려 다행이라고 생각해요."

백복희는 그렇게 대답하며 옅게 웃었고, 나는 얼결에 그녀를 따라 웃으면서도 위패조차 남을 리 없는 연희의 죽음 이후를 생각하지 않을 수 없었다. 누군가 연희의 위패를 절에 놓아둔 뒤 기일마다 찾아가 그녀를 기억할 가능성은 없어 보였다. 노파에게는 그럴 만한 경제적 여유가 없었고, 일시적으로 이 나라에 머무는 백복희와 나는 연희의 사후를 책임질 여건이 되지 않으며 사실 그래야 하는 이유도 없었다. 프랑스로 돌아간 내가 연희를 떠올리게 될 횟수에 대해서라면, 나는 이미 회의적이었다. 누구든 이 세계와 작별할 때는 벌거숭이 아이처럼 외로운 존재가 된다는 걸 알면서도 바닥을 내딛는 두 발이 돌연 허청거렸다.

중국 식당에서 함께 저녁을 먹고 난 뒤, 나는 백복희를 시청역 근처에 있는 호텔까지 데려다주었다. 시청역 쪽으로 걸어가는 동안 백복희를 유심히 쳐다보는 몇몇 사람들의 시선을 나도 느낄 수 있었다. 백복희가 동의하거나 허락하지 않았는데도 그 태생의 기원에 배타적인 호기심을 드러내는 무심한 폭력의 시선이었다. 백복희는 그 시선을 견디기 힘들다는 듯 자주 피로한 얼굴로 벽 쪽에 붙어 서곤 했다.

호텔에 도착하여 체크인한 뒤 캐리어 가방을 끌며 엘리베이터를 타러 가는 동안 백복희는 여전히 피로한 얼굴로 여러 번 뒤를 돌아봤다. 백복희로 태어났지만 스테파니로 살아온, 나와 넘버 원 닮은 여자. 우리의 닮은 구석은 눈매나 입매만은 아닐 터였다. 삶의 어느 장면에서 우리는 같은 자세로, 같은 표정으로, 같은 생각을 하며 투명한 벽 앞에 서 있곤 했을 것이다. 얼굴의 일부가 아니라 생애의 접힌 모서리가 절박하게 닮은 사람들, 나는 그렇게 생각했다.

19

백복희가 한국에 오고 이틀 뒤, 문경에게서 다시 만나고 싶다는 연락을 받았다.

약속 장소로 삼은 합정의 커피숍에 도착한 뒤부터 나는 좀처럼 가만히 있지 못한 채 테이블 주위를 서성거렸다. 문경이 데려오기로 한 그녀 때문이었다. 커피숍 바 안쪽에서는 서영과 소율, 그리고 은이 카메라의 위치에 대해 상의하는 중이었다. 그들이 상의를 마치고 커피숍 한쪽 테이블에서 촬영 준비를 하고 있을 때, 마침 문이 열리는 소리가 등 뒤에서 들려왔다.

조금이라도 빨리 그녀를 보고 싶은 마음과 달리, 멈춰 선 채 돌아서서 문 쪽을 바라보는 낱낱의 동작은 믿을 수 없을 만큼 느리기만 했다. 문경이 그녀를 부축하며 천천히 내게로 다가

오고 있었다. 나와 눈이 마주치면 혀를 끌끌 차곤 했지만 밤마다 깨끗이 씻겨 준 뒤 잠에 잘 들도록 배를 만져 주었던, 밥상 앞에 내가 있는 것이 못마땅했으면서도 온 집안에 젖은 나무 냄새가 번지는 비 내리는 날이면 수수라는 곡물로 요리를 해 주었던 그녀…….

"아가……."

그녀가 다가와 그렇게 나를 불렀다. 그 순간, 기억과 망각의 경계 어디쯤에 위치해 있었을 볼륨 장치가 켜지면서 과거의 몇몇 장면으로부터 '아가'라는 목소리가 종소리처럼 울려 나오기 시작했다. 그녀는 특별히 기분 좋은 날이나 반대로 술을 마셔서 슬퍼 보이는 날이면 나를 문주 대신 아가라고 불렀고 그럴 때 그 목소리는 대체로 다정했다. 이제 그 시절 그녀의 말은 이렇게 복원되고 있었다. 아가, 키 크려면 나물도 좀 먹어야지. 아가, 너도 밤새 꿈자리가 뒤숭숭했니? 무조건 잘 살아, 잘 살아야 한다, 아가.

"어쩨, 이걸 어쩨. 아가, 진짜 그 아가 맞아?"

연거푸 물으며 그녀가 한 손을 들어 내 뺨을 어루만졌다. 앙상한 손이었다. 손뿐 아니라 몸피 전체가 너무 작고 말라서 나는 혼란스러웠다. 기억 속의 그녀는 다부진 체격이었고 배와 허리의 실루엣이 둥글었으며, 무거운 것을 머리에 이거나 나르면서도 자세가 곧고 걸음이 빨랐다. 내가 프랑스에서 앙리와 리사의 딸이 되어 배우이자 극작가로 성장하는 동안, 그녀는 상체가 미묘하게 안으로 말린 바짝 마른 노인이 되어 버린 것이다. 그녀가 인간의 보편적인 노화의 속도보다 더 가파르게 늙어 버린 게 맞는다면, 그건 아마도 아들을 잃은 이후의 세월이 그녀를 상하게 하는 방식으로 흘러갔기 때문일 거라고 나는 생각했다.

"잘, 지냈나요?"

"우리 우식이는 여기 없어. 만날 수 없어. 우식이 없어."

뺨에 얹힌 그녀의 손등에 내 손을 포개며 안부를 묻자, 그녀는 글썽이는 눈동자로 나를 바라보면서도 내 질문과 동떨어진 대답을 했다. 그녀의 귀가 어둡다고 했던 문경의 말이 새삼 떠올랐다. 없어, 없어, 라고 반복해서 말한 뒤에도 그녀는 내 뺨에서 손을 떼지 않았다.

그녀가 진정되기까지 기다린 뒤에야 우리 세 사람은 자리를 잡고 앉을 수 있었다. 그사이에 그녀 곁에 앉은 문경은 안타깝게도 할머니가 '문주'의 한자 뜻을 알지 못한다고 그녀 대신 전해 주었다. 서영의 카메라엔 불이 들어왔고 소율과 은도 각자의 촬영 도구를 들고 위치와 각도를 조절했다.

"우식이가 문주라고 부르니까 그냥 문주인가 보다 했어."

이번엔 문경이 하는 말을 한번에 알아들었는지 그녀가 뒤이어 말했다. 상관없다고 생각했다. 문주가 문기둥이든 먼지

223

든, 혹은 정우식 기관사가 전화번호부를 뒤져 고른 일종의 기호에 지나지 않는다 해도 이제는 더 이상 상관없다고, 나는 그녀와 문경에게 솔직하게 말했다. 철로에서 발견한 아이를 문주라고 부르면서 순간적으로 변형되었을 정우식 기관사의 마음이랄지 세월이 흘러 어디에선가 그 비슷한 이름을 들었을 때 그의 내부에서 일어난 감각의 움직임 같은, 애초에 내가 알고 싶었던 건 문주의 의미가 아니라 그런 것인지도 몰랐다. 이제는 아무도 알 수 없는 스크린 바깥의 이야기였다.

"그땐 뜻을 물어야겠다는 생각도 못했어. 너한테 그게 그렇게 중요한 줄 내가 헤아리지 못하고, 미안하다, 아가……."

그녀가 다시 말했다. 나는 미안할 필요 없다고 대답한 뒤 내가 할 수 있는 최대한의 힘으로 밝게 웃어 보였지만, 그녀는 그 옛날에는 본 적 없는 고개를 푹 숙인 모습으로 몇 번이고 자기 탓이라고만 되뇌었다.

"참, 할머니 말로는 아빠가 청량리역 대합실에서 언니를 먼저 봤대요."

문경이 다른 이야기를 꺼냈다. 자신이 방금 한 말이 내 삶에서 어떤 무게를 갖는지 알 리 없는 문경의 말투는 심상했지만, 나는 이미 가슴 한켠이 무너져 버린 상태였다. 문경의 손을 힘껏 부여잡으며 대합실 이야기를 더 듣고 싶다고 말하자, 그 순간 내 간절함을 읽었는지 문경이 다급히 그녀의 귀에 입술을 대고는 한 톤 높아진 목소리로 물었다.

"그때 문주 언니가 빨간색 원피스를 입고 있어서 아빠 눈에 확 띄었던 거라고, 그렇게 말씀하셨죠, 할머니?"

그녀가, 천천히, 고개를 끄덕였다.

그러니까 정우식 기관사가 나를 처음 발견한 곳은 철로가 아니라 대합실이었던 것이다. 보호자도 없이 서툰 걸음으로 익명의 공간인 대합실을 오가는 빨간색 원피스 차림의 여자아이라면 눈에 띌 수밖에 없었을 것이다. 평소처럼 역으로 출근하여 대합실을 가로지르는 내내 그는 나를 주시했을 것이고, 기관실 운전석에 오른 뒤에도 빨간색 원피스에 대해 생각했을 것이다. 그때만 해도 기관실엔 늘 배기가스가 날리고 높은 데시벨의 소음이 가득해서 순간적으로 합리적인 판단을 내리기가 쉽지 않았다고 문경이 설명했다. 모든 감각이 둔해지는 열악한 기관실에서 그가 철로에 웅크린 빨간색을 보자마자 급정거를 선택할 수 있었던 건, 아마도 대합실에서 이미 나를 목격한 덕분이었을 거라고도 했다. 마치 자신을 봐 달라는 듯 강렬한 색에 감싸여 있던, 작고 연약한 생명체……

내가 철로에 버려지지 않았을지도 모른다는 서영의 의문은 이제 가능성이 아니라 사실로 증명된 셈이다. 철로를 전제로 쌓아 올린 내 상처는 공허한 구조물이 되었고, 나는 생모에 대해 다시 정의해야 했다. 과거로부터 탄원을 받고 이제야 조금

225

이나마 누명을 벗은, 적어도 나를 다치거나 죽게 할 마음은 없었던 사람, 이렇게…….

                                    *

"이름을 알고 싶어요."

나는 그녀 쪽을 보며 다시 말했다. 이번에도 문경이 내 질문을 그녀에게 전달해 주었고, 그녀는 이전과는 다른 빛깔의 눈동자로 나를 건너다보며 천천히 대답했다.

"수자, 난 박수자야."

"……."

"우리 아버지가 지어 줬어. 세상에, 내가 박수자란 걸 너무도 오랜만에 말해 보는 거야."

그녀, 아니 박수자는 커피숍에 들어온 이후 처음으로 환하게 웃으며 대답했다. 곁에서 문경이 할머니 시대에는 일본의 영향으로 여성의 이름에 자(子)라는 글자가 많이 들어갔다고 일러 주자, 박수자가 내 오른손을 잡아 자신 쪽으로 바투 가져가더니 손바닥에 무언가를 천천히 쓰기 시작했다. 한자 수(秀)라고, 뛰어나게 아름답다는 의미를 가졌다고, 문경이 설명해 주었다. 박수자는 내 손바닥에 이내 다른 한자도 꾹꾹 눌러

썼는데, 그 한자는 우(友)와 식(植)이라고 문경이 다시 알려 주었다. 박수자가 쓴 글자들이 휘발되지 않게 하겠다는 듯, 언제까지고 손바닥에 새겨진 그녀의 감촉과 온기를 간직하겠다는 듯, 나는 손바닥을 있는 힘껏 꽉 쥐었다. 다시는 만나지 못할 사람과의 마지막 만남, 그제야 나는 백복희가 연희의 병실에서 어떤 질감의 쓸쓸함을 감당했을지 알 것 같았다.

그날 오후에, 나는 박수자와 문경의 승용차를 타고 박수자의 고향이면서 정우식 기관사의 유골함이 안치되어 있는 영월의 납골당으로 갔다. 서영은 은의 아버지에게서 빌린 승용차에 소율과 은을 태우고 따로 영월로 와서 촬영을 이어 갈 예정이었다.

세 시간에 걸친 긴 여정 끝에 납골당에 도착한 뒤부터 박수자는 문경보다 앞서 걸으며 일행을 안내하기 시작했다. 나무가 우거진 오르막길을 지나자 연한 잿빛의 4층짜리 건물이 보였다. 2층 창가 쪽에 자리한 정우식 기관사의 서랍 크기만 한 납골함 앞에 서서 나는 그 안에 가지런히 놓인 꽃병과 십자가, 여러 개의 액자, 유골이 담긴 하얀색 항아리를 차례로 훑어보았다. 박수자가 그 깡마른 손으로 납골함의 유리문을 열더니 액자 중 하나를 꺼내 몇 번에 걸쳐 손바닥으로 쓸어낸 뒤 내게 건네주었다. 액자 안에는 내가 본 적 없는 나이 든 정우식의 얼굴이 들어 있었다. 눈을 감아 보았다. 생과자의 설탕 맛,

그에게 업힐 때마다 가슴에 닿던 단단한 뼈의 감촉, 그리고 문주를 부르던 젊은 목소리……. 그 감각의 뒤편에는, 결혼을 하고 아이들을 낳고 병을 앓다가 죽음을 맞이한 한 인간의 생애가 아무도 밟아 보지 않은 눈 쌓인 길처럼 펼쳐져 있었다. 내게 남은 감각과 내가 본 적 없는 그 모든 모습의 총합이 액자 속 남자였다.

나는 그 액자를 가슴에 안았고, 한참을 그대로 서 있었다.

내 주변은 잠시 암전되었다.

그날 문경은 박수자의 집에 가서 묵을 계획이었으므로, 나는 서영이 몰고 온 은의 아버지 승용차를 타고 상경하기로 했다. 헤어지기 전, 문경이 내게 말했다.

"아빠는 무늬의 의미가 있는 '문'이라는 글자를 좋아하셨던 것 같아요. 그래서 언니에게도 그 글자가 들어간 이름을 지어준 거겠죠. '문'이 무늬라면 남는 건 '주'인데, 제 생각에 아빠는 우주의 '주'를 염두에 두지 않았나 싶어요."

"우주요?"

웃으며, 나는 물을 수밖에 없었다. '우주의 무늬'가 내게는 놀라운 우연의 결과란 걸 알 리 없는 문경은 사뭇 진지하게 말을 이어 갔다.

"햇살의 무늬와 우주의 무늬, 만약 우리가 자매로 자랐다면 누구나 자매의 이름으로는 더할 나위 없이 좋다고 생각했을 거예요."

그러고 보니 문주와 우주 역시 글자 하나가 겹쳐지는 패턴을 따르고 있었다. 게다가 나뭇잎을 통과한 햇살 아래에서 우주라는 이름을 떠올렸으니 우주와 문경 역시 긴밀하게 연결되어 있다 해도 무방한 것이다. 문경의 추리가 틀렸더라도 믿고 싶었고, 실제로 납골당을 나올 때쯤 나는 이미 그것을 믿게 되었다.

헤어질 시간이었다.

마지막 인사를 건네는데, 박수자가 커피숍에서처럼 앙상한 손으로 내 뺨을 어루만지며 나와 아이 모두 무조건 건강해야 한다고 당부했다. 내게 그 말은 앞으로도 계속 살아남으라는 전언처럼 들렸다. 알겠다거나 고맙다고 대답하고 싶었지만, 끝내 그 말이 나오지 않았다.

문경의 부축을 받으며 승용차에 오르기 전, 박수자는 잠시 멈춰 서서 나를 돌아보았다. 박수자가 바라보는 건 내가 아니라 그녀만이 알아볼 수 있는 내 몸 안의 어떤 빛이란 걸 알 수 있었다. 그 빛은 그녀의 아들이 점등한 것이고 지켜 낸 것이니, 그녀에게는 살아 있는 나를 지켜볼 권리가 있었다. 잠시 뒤 문경의 승용차가 떠나가는 것을 보며 연희가 내게서 백복희를 찾았듯 나 역시 연희에게서 박수자, 그리고 때로는 리사를 떠올렸다는 걸 천천히 상기했다. 내 안의 빛이 연희에게로

229

옮겨갔다면, 그건 박수자와 리사의 힘이기도 했다.

그날 저녁 서울로 올라오는 고속도로에서 휴대폰으로 백복희의 이메일을 확인하게 되었다. 그녀가 세무 직원으로 일하는 회사에 문제가 생겨 따로 연락하지도 못한 채 급하게 떠나게 되었다는 소식으로 시작되는 이메일이었다.

*

그런 사정으로, 무척 아쉽게도 예정된 비행기를 오늘 밤 비행기로 바꾸게 된 것입니다.

그러나 문주, 지난 3일 동안 파주의 절과 연희의 병실을 오가면서 그 어느 때보다 내가 충만했다는 것을 나는 주저 없이 말할 수 있어요. 그 3일이 없는 내 삶을 나는 앞으로 상상도 할 수 없을 거예요. 어제는 복희 식당에도 잠시 들렀죠. 복희 식당 3층에 임시로 머문다는 당신은 그때 집에 없어서 인사를 하지 못했어요. 그런데 복희 식당이라니, 간판을 발견하자마자 얼마나 웃었는지 모릅니다.

사실 그 동네에 가는 건 내게는 용기가 필요한 일이었습니다. 짐작할 수 있을까요, 나처럼 생긴 아이가 1980년대 한국에서 어떤 대우를 받았을지…….

　내가 남들과 다르게 생겼다는 건 늘 인식하고 있었지만 그것이 학대에 가까운 차별의 근거가 될 수도 있다는 건 학교에 들어가면서 알게 되었습니다. 학교에서 나는 같은 반 아이들에게 이름으로 불린 적이 없어요. 나를 부르는 별명은 너무도 많았고, 심지어 날마다 늘어났습니다. 대부분 성적 수치심과 모욕감을 주는 지독한 별명들이었습니다. 아직 열 살도 안 됐던 아이들이 어디에서 그런 별명을 알아 왔던 걸까요. 학교에 들어간 이후, 몸이나 마음이 다치지 않고 무사히 흘러간 날이 단 하루도 없었습니다. 집으로 돌아오면, 나는 불도 켜지 않은 방 한구석에 앉아 먹지도 자지도 않고 연희가 퇴근하기만 기다렸죠.

　돌이켜보면 오로지 나를 증오하는 힘으로 버틴 시간이었습니다. 차별로 가득한 세상이나 그런 세상에 나를 내던진 부모가 아니라 그저 태어났을 뿐인 나 자신을 증오했던 시간이었죠. 그 시절에 내게 연희는 단순한 보호자가 아니라 친구이자 치료사였고, 이 지구 상에 나와 공존하는 단 한 명의 사람이었습니다. 보건소에서 퇴근하고 집으로 돌아온 연희가 그날 내 몸에 새로 생긴 멍이나 찢긴 부위를 소독하고 치료한 뒤 나를 안아 주는 것, 그건 연희와 나 사이의 중요한 일과였죠. 지나갈 거라고, 삶에서 지나가지 않는 것은 없다고, 그럴 때 연희는 말하곤 했고 나는 그제야 숨을 쉴 수 있었습니다. 알고 있습니다. 그런 과정을 겪으며 연희 역시 지쳐 갔다는 것을요. 알면서도, 나는 모른 척했습니다. 연희의 고통보다 내 것이 더 컸기에, 아니 커 보였기에, 나는 그녀가 나를 위로하는 것을 당연하게 여겼던 것입니다.

한국에 온 첫날, 병실에 의식도 없이 누워 있던 연희를 본 순간에야 오랫동안 잊고 있던 한 장면이 오롯이 기억났습니다. 한겨울, 오줌으로 얼어 버린 바지를 입고 뒤뚱거리며 집으로 걸어가던 나를 저 멀리서 연희가 바라보는 장면이었죠. 학교에서 나는 화장실을 이용하지 못했는데, 화장실에서는 교실에서보다 훨씬 더 노골적인 폭언과 폭력이 가능했기 때문이었습니다. 그날은 결국 바지에 실수를 해 버리고 말았고 그 상태로 종이 칠 때까지 기다렸다가 집으로 돌아가던 길에 연희와 마주치게 된 거죠. 그날처럼 연희가 화를 내는 모습을 본 적이 없습니다. 나를 집으로 데려가 옷을 벗기고 씻기는 손길이 무척 거칠었는데, 이상하게 나는 무섭지 않았어요. 오히려 슬펐고 연희가 가여웠습니다. 그때 연희는 내내 울고 있었으니까요.

바로 그날이었을 거예요, 연희가 입양을 결심한 것은. 나는 지난 편지에 연희가 입양을 선택한 이유를 이해할 수 없다고 썼지만, 사실은 이해하고 싶지 않았기에 이해하려 하지 않은 건지도 모르겠습니다. 병실에서 그 장면을 떠올리자 그제야 연희가 내게

해 준 방식으로 연희를 안아 주고 싶다는 용기가, 아니 열망이 내 안에서 차오르기 시작했습니다. 몸을 숙여 연희를 안은 순간 나는 느낄 수 있었죠, 내가 안은 사람은 연희이면서 동시에 그 시절의 나이기도 하다는 것을요.

이런 기회를 준 당신에게 고맙습니다. 이 고마움은 아무리 표현해도 부족하지 않을 것이고 나는 진심으로 당신을 존경하지만, 우리가 다시 만나려면 과거를 반추해도 아프지 않을 만큼 내가 아주 행복해져야 가능할 것입니다. 당신도 어렴풋이 짐작하고 있겠지만 나는 곧 회사에 휴가를 내고 수술을 받을 거예요. 수술이 끝나면 길고 긴 항암 치료가 시작되겠죠. 그 과정이 내 삶에 황폐한 그늘을 드리운대도 나는 미래의 내가 행복할 거라고 확신합니다. 나는 살아남을 것이고 누구보다 행복할 거예요.

문주, 나는 그날을 희망합니다. 먼 훗날, 내가 먼저 당신에게 전화하여 안부를 묻고 만나자고, 당장 만나서 뭐라도 먹고 마시자고 제안하게 될 그날을요.

그날이 올 때까지, 멀리서 당신과 아이의 건강을 빌겠습니다.

진심을 담아, 백복희

20

연희가 죽었다.

백복희가 벨기에로 돌아가고 나흘째 되는 날, 아침에 연희의 병실에 들러 소변 팩을 비운 뒤 그녀의 팔다리를 주물러 주는데 손끝으로 떨림이 느껴졌다. 평소와는 다른 부류의 떨림이란 걸 알 수 있었다. 연희의 몸뿐 아니라 시간을 관통하는 떨림이라고 나는 생각했다. 그 시작과 끝을 알 수 없는 시간의 한가운데서 표류하다가, 난파된 배처럼 속절없이 수몰되어 가는 한 인간의 몸에서 타전된 떨림…….

나는 반사적으로 몇 발자국 뒤로 물러났고 한동안 경직된 채 가만히 연희를 내려다봤다. 깊은 잠에 든 것 같은 그 무방비한 얼굴은 그대로였지만 대신 연희의 주변으로는 이전까지 감지한 적 없는 기운이 흐르고 있었다. 서늘했다. 서늘하고도 평온한 기운이었다. 연희는 이미 떠날 준비를 모두 마친 채 누군가를 기다리고 있었던가. 어쩌면 백복희가 이 병실에 찾아왔던 그날부터 연희는 내내 이 순간을 준비해 왔는지도 몰랐다.

나는 다시 연희 앞에 앉았고, 곧 내게 닥칠 거대한 슬픔을 예감하며 연희의 손을 잡았다. 그녀의 손이 깜짝 놀랄 만큼 차갑다는 것이 내 마음을 아프게 했다. 나는 오래전 앙리에게 그랬듯 연희의 손바닥에 새끼 고양이처럼 오래오래 얼굴을 부볐다. 눈을 감았다. 다 소모해 버린 몸을 버리고 이제 곧 무형의 암흑에 도착하게 될 연희는 씨앗이나 연기처럼, 혹은 한 줌의 물질이거나 에너지가 되어 영원한 여행을 시작할 것이다. 수십억 년의 진화를 거슬러서, 이 세상에 오기 전 하나의 세포로도 존재하기 이전에 그녀가 그러했듯이. 고생했어요. 나는 말했다.

"너무 고생했어, 사느라……."

"……."

"살아 내느라……."

"……."

"잘 가요."

"……."

"잘 가."

"……."

"잘 가……."

잘 가, 잘 가, 연이어 속삭이며 연희의 가슴에 얼굴을 묻은 순간, 마지막 인사인 양 연희의 손이 움찔했다. 천천히 눈을 떴다. 같은 층 병실의 환자들과 환자의 보호자, 간병인 몇몇이 병실 입구에 몰려와 있는 게 보였다. 상황을 살피러 온 간호사가 곧 의사들을 데리고 왔다. 담당 의사는 시종일관 엄숙하게 연희의 맥박과 동공을 체크했고 청진을 했다. 그가 사망 진단을 내리자 곁에 서 있던 간호사는 차트에 임종 시간을 기록했고, 인턴으로 보이는 젊은 의사들은 연희의 몸에서 투명하거나 불투명한 줄을 제거해 갔다. 의료진이 돌아간 뒤엔 건장한 체격의 남자 두 명이 병실로 들어오더니 연희의 몸을 하얀 가운으로 덮고는 이동용 침대로 옮겨 영안실로 데려갔다.

모든 일이 순식간에 일어났으므로 나는 아무것도 실감하지 못한 채 연희의 침대에 걸터앉아 마치 누군가를 기다리는 사람인 양 병실 창밖을 하염없이 건너다봤다. 연희가 떠난 병실이 스크린의 안인지 바깥인지, 아무리 생각해도 나는 알 수 없었다. 명료하게 아는 건 단 하나, 연희는 이제 이 병실에 존재하지 않는다는 것뿐이었다.

연희가 죽었다.

*

연희가 죽었다.

내가 감히 안다고 말할 수 없는 어떤 막(幕)과 막들을 지나 연희는 죽었고, 그건 추연희라는 하나의 우주가 끝났다는 걸 의미했다.

병실 창밖으로 바람이 지나갈 때마다 부옇게 일어났다가 침전물처럼 가라앉는 먼지가 내 눈에는 확연히 보였다. 어딘 가를 바쁘게 걸어가는 의사와 간호사들, 산책을 하거나 서너 명씩 모여 이야기를 나누는 환자들, 어른들 사이를 뛰어다니 는 아이들……. 풍경은 살아 있었다. 살아 있음을 증명하는 목 소리와 웃음소리, 그리고 발소리가 먼지에 섞여 여기저기서 작은 소용돌이를 만들고 있었다. 침대 시트에는 아직 연희의 냄새와 온기가 배어 있는데, 방금 전 그 존재는 부재로 바뀌었 고 그것은 절대로 되돌릴 수 없다는 걸 창밖의 세상은 결코 납 득하지 못할 것만 같았다. 이제 연희를 증명하는 건 의사가 서 명한 사망진단서와 행정기관의 직인이 찍힌 사망신고서, 신분 과 관련된 각종 서류의 말소 신청서, 상속 등기 서류와 상속인 의 보험금 수령 확인증, 그리고 그 보험금과 복희 식당의 보증 금으로 완납될 병원비 영수증, 고작 이런 종이 뭉치뿐이었다. 그마저 존재의 시작이 아니라 그 끝에 대한 증명이었다.

시간이 흘러갔다.

정오 즈음, 내게 연희의 호흡 상태를 체크해 달라고 부탁했었던 그 앳된 간호사가 병실에 들렀다. 내 곁으로 다가와 앉으며 할머니의 소식을 들었다고 말하는 그녀의 목소리는 침울했다. 나는 아직 연희의 죽음을 받아들이지 못하고 있으니, 어떤 의미에서 본다면 그녀는 연희의 죽음을 가장 처음으로 애도하러 온 조문객이었다. 간호사는 연희의 여동생과 연락이 되었다고 뒤이어 말했다. 그쪽에서는 장례식을 생략한 채 바로 화장 절차를 밟으려 한다고, 화장 뒤에 유골은 납골당에 안치되는 대신 산이나 들에 뿌려질 것 같다고 전해 주었다. 연희는 그 영혼이 거주할 작은 은신처 하나 남기지 않고, 그야말로 절연이라는 방식으로 이 세상에서 떠나게 된 것이다. 연희는 너무도 완벽하게 혼자였고 내가 생각했던 것보다 훨씬 더 외로운 사람이었다는 것이 그 어느 때보다 절박하게 실감됐다.

무슨 말인가를 더 하려다가 몇 번이나 주저하던 간호사가 나와 눈이 마주치자 그제야 이 병실에 들어오려는 환자가 대기 중이라는 걸 알려 주었다. 간호사의 그 말은, 저 문밖에 새로운 죽음들이 대기하고 있다는 의미로 번역되어 들렸다. 병실은 스크린의 안이거나 바깥이 아니라 그저 삶과 죽음 사이의 대합실인지도 몰랐다. 나는 곧 침대에서 일어났다. 언제부터인가 나를 대하는 사람들이 대개 그렇듯, 간호사 역시 내게 건강한 출산을 바란다는 말을 남긴 뒤 돌아갔다.

　수건이니 속옷을 한데 모아 버리고 기저귀나 물수건 같은 물품은 공동 간병인에게 주고 나니 더 이상 할 일이 없었다. 병실을 나서기 전, 곧 다른 사람에게 이양될 침대를 물끄러미 건너다봤다. 영원에서 와서 영원으로 가는 햇빛이 침대 주변에 넘실거리고 있었다. 내가 연희의 죽음 앞에서 증인이 되기로 했던 다짐이 새삼 환기됐다. 조금 전 연희의 죽음을 지켜보는 역할은 다 수행했으니 이제 남은 건 그 죽음을 세상에 알리고 함께 애도하는 일일 터이다. *이 세상에서 떠나는 연희를 제대로 배웅하는 것, 그것이 내게로 오는 너를 맞이하는 나의 방식이니까……*.

*

　병원에서 나온 뒤 마트에 들러 소고기와 연어, 스파게티 면, 양파와 버섯과 당근, 그리고 크림소스와 바질을 샀다. 택시를 타고 복희 식당 앞에 도착하자 유리문은 노파가 깨뜨린 그대로 방치되어 있었다. 깨진 유리를 밟으며 식당 안으로 들어가 주방에서 소고기와 연어를 손질하고 야채를 씻었다.

　알 수 없었다.

적어도 백복희에 관한 한 무엇이 최선인지 도무지 알 수 없다고, 음식 재료를 다듬는 내내 생각하고 또 생각했다. 백복희에게 연희의 죽음을 전하지 않기로 한 내 판단이 잘못되었다고 의심하고 싶었지만, 그 반대의 판단은 불가능하다는 것 또한 인정할 수밖에 없었다. 백복희의 말대로 그녀는 살아남을 것이고, 우리는 아주 긴 시간이 흐른 뒤 프랑스나 벨기에의 어느 도시에서 만나 연희의 죽음에 대해 이야기하게 될 것이다. 그날이 오면 나는 백복희에게 연희가 언제, 그리고 어떻게 숨을 거두었는지 차근차근 설명할 것이고 그 순간의 병실 풍경과 내가 연희에게 마지막으로 해 준 말도 전할 것이다. 한국을 떠나면서 백복희는 우리가 마주 앉을 미래의 그 작은 공간만이 과거에 대한 자신의 마지막 예의라고 생각했을 테고, 나는 그런 백복희를 이해했다. 이해했으므로, 백복희에게 전화하는 것에 이토록 회의적인지도 몰랐다. 재료 손질이 끝날 즈음, 나는 결국 백복희에게 전화하지 않기로 결심을 굳혔다. 진실을 유예하면서 보호받는 시간 또한 삶의 일부라고, 나는 믿기로 했다.

음식은 천천히 완성되어 갔다. 소고기 스튜와 연어 스테이크, 크림소스 스파게티를 하나씩 테이블에 올리고 있을 때, 초대한 손님들이 한꺼번에 복희 식당으로 들어왔다. 서영과 소율은 국화꽃과 와인을 사왔고, 은은 길쭉한 타원형 모양의 조명을 가져왔다. 내가 그 등을 궁금해하자 은은 조등(弔燈)이라고 대답한 뒤, 조등은 한 사람의 죽음을 알리는 표식으로 상중에는 내내 켜져 있어야 한다고 설명해 주었다. 은이 식당 입구에 의자를 놓고 올라가 조등을 다는 동안, 나는 신비롭게 생긴 그 등을 하염없이 올려다봤다. 아동복지회 직원은 조등이 내 걸린 직후에 청주 한 병을 들고 나타났다.

우리는 곧 식사를 시작했다. 아무도 앉지 않은 의자 앞에도 나는 음식을 놓았고, 손님들은 마치 그 빈자리에 누군가가 있다는 듯 자주 그쪽을 바라보며 느긋하게 음식을 먹었고 와인과 청주를 마셨다. 어둠이 내리자 조등의 노란 빛이 식당 안으로 번져 들어와 우리의 고요한 테이블을 조심스럽게 에워쌌다. 그 빛은 죽음의 표식이 아니라 오히려 삶의 테두리를 보호하는 얇은 막 같다고 나는 생각했다.

식사가 끝난 뒤에도 손님들은 돌아가지 않고 연희가 주인공인 저녁 식탁을 지켜 주었다. 소율은 나를 위해 따뜻한 차를 끓였고 아동복지회 직원은 근처 상점에서 사온 수박을 적당한 크기로 조각내어 식탁 위에 올려놓았으며, 서영과 은은 최근 개봉한 영화들을 화두로 때아닌 논쟁을 시작했다. 나는 그 소란이 좋았다. 한 손으로 턱을 괸 채 그 다정한 소란을 지켜보며 가만히 웃기도 했다.

밤이 깊어지자 언제나처럼 노파가 수레를 끌고 나타났다.

내가 기다렸던 마지막 조문객이었다. 노파는 식당으로 들어오는 대신 그 어느 때보다 곧고 단정한 자세로 한참동안 조등을 올려다봤다. 노란 빛 알갱이는 노파의 얼굴과 몸 곳곳에 농도가 다른 음영을 만들다가 넓은 원을 그리며 바닥으로 스며들었다.

"그이 옷장에 쪽빛 양장 한 벌이 있어. 비닐로 싸 놓은 거야. 신발장 가장 안쪽에 있는 검은색 구두하고 다홍색 양산도, 그걸 몽땅 갖다 줘."

내가 다가가자, 노파는 조등에서 시선을 떼지 않은 채 담담한 목소리로 부탁했다.

나는 연희의 방으로 건너가 옷장을 열어 노파가 일러 준 옷을 찾았다. 사 놓고 한 번도 입지 않은 듯 소매며 밑단의 선이 그대로 남아 있는 투피스였다. 노파가 말한 구두와 양산까지 챙겨 갖다주자 노파는 그 모든 것을 들고 식당 뒤편으로 걸어갔다. 나는 조용히 노파를 따라갔다. 공터에 도착한 노파는 내가 챙겨 온 것들을 바닥에 내려놓더니 수레에서 가져온 종이 뭉치에 불을 붙여 쪽빛 투피스 사이에 넣었다. 아마도 연희가 백복희를 만날 날을 기대하며 차근차근 준비해 놓았을 옷과 구두와 양산이 천천히 타오르기 시작했다. 노파는 곧 안주머니에서 지폐 몇 장을 꺼내 그것 역시 불길 속으로 던졌다. 먼 여행을 떠나는 사람에게 주는 돈이라고 했다.

식당 안의 조문객들도 어느새 내 곁에 와 있었다. 서영과 소율은 노파를 따라 지폐 한 장씩을, 아동복지회 직원은 벨기에에서 반송된 연희의 편지 중 연희가 미처 가져가지 않았던 몇 통의 편지를 불길 속으로 던졌다. 그 편지들에는 내가 이미 돌려주었던, 백복희가 10년 만에 연희에게 답장한 편지도 섞여 있었다. 노파는 곧 자신의 윗도리와 바지도 벗어 불길 속으로 던졌고, 나는 입고 있던 카디건을 벗어 반나체가 되어 버린 노파의 몸을 감싸 주었다. 옷과 돈과 편지는 잘 탔다. 섬유와 종이가 타들어 가는 타닥타닥 하는 소리는 생의 뒤편으로 걸어가는 연희의 발소리를 연상하게 했고, 피어오르는 연기는 그 영혼의 일부 같았다.

"어여 가시게."

노파가 불길 앞으로 바투 다가가 앉으며 속삭였다.

"여기 일일랑 미련 두지 말고, 어여……."

"……."

"어여…… 가시게."

"……."

"가거든 잊지 말고……."

"……."

"나도 불러 주소."

"……."

243

작별 인사 같기도 하고 넋두리 같은 말이기도 했다. 노파는 한참을 불길 앞에 앉아 있었다. 불의 일렁임이 노파의 뺨에 어른거리다가 조금씩 사위어 갔다. 불이 완전히 꺼지고 연기가 잦아들 때까지, 옷이 타서 없어지고 그 재가 허공에서 흩어질 때까지, 나는 다른 조문객들과 함께 노파 뒤에 서 있었다. 상상되는 장면이 있었다. 암흑으로 돌아간 연희와 암흑 속을 부유하는 우주가 서로를 알아보지 못한 채 고요하게 스쳐 가는 장면이었다. 우주가 시간을 초월한 진화의 과정을 겪으며 이세계 안으로 흘러오는 그 거리만큼, 반대로 연희는 육신의 성분을 상실해 가며 세계 밖으로 흘러가는 것이다.

추연희(秋戀禧), 그리워할 수 있어서 행복했던 사람, 나는 이제 그 이름을 내 삶이 끝날 때까지 기억할 것이다. 그 이름을 망각하지 않는 것, 그것은 우주를 키우는 일과 함께 내가 이 세계 앞에서 지켜야 하는 예의가 되리라.

연희가 죽었다.

그녀는 암흑으로 돌아갔다.

21

9월 첫째 주 금요일은 우주가 내게 온 지 22주째 되는 날이 자 연희가 죽은 지 일주일이 되는 날이었다. 그리고 내가 한국 을 떠나는 날이기도 했다.

공항에서 영화의 마지막 장면을 찍을 예정이어서 소율과 은은 촬영 장비를 빌린 뒤 바로 출국장으로 오기로 했고 서영 은 짐이 많은 나를 위해 픽업을 자청했다. 서영이 오기 전 캐 리어 가방에 짐을 싸고 있는데 여느 때와 다른 소음이 아래층 에서부터 들려왔다. 계단을 내려가자 남자 두 명이 복희 식당 에 남아 있던 테이블과 의자, 식기들을 식당 밖으로 빼내는 모 습이 보였다. 간판은 이미 떼어진 채였고 연희의 방에 있던 살 림들도 모두 치워진 듯했다. 내가 할 수 있는 거라곤 몇 발자국 떨어진 곳에서 복희 식당이 조금씩 비어 가는 과정을 지켜 봐 주는 것뿐이었다.

남자들은 버릴 것은 버리고 팔아도 될 만한 것은 트럭에 실은 뒤, 식당 입구에 파란색 철제 셔터를 설치했다. 식당 임대인이 새 임차인을 들이기 전까지 식당을 봉쇄하기로 결정한 모양이었다. 설치된 셔터는 마치 연극이 끝났다는 것을 알리는 암막 커튼처럼 철컥 소리를 내며 내려왔다. 남자들은 마지막으로 조등을 떼어 내어 바닥에 내던져 버리고는 트럭을 타고 떠났다.

트럭이 시야에서 사라진 뒤, 나는 일단 조등을 주워 와 원래 있던 자리에 다시 매달았다. 연희를 기억하는 사람이 있는 한 상중이어야 하며 상중이라면 그 표식 또한 남아 있어야 한다고 나는 생각했다. 스위치를 누르자 조등 안에서 작고 노란 새가 깨어난 듯 등 주위로 노랗게 물든 공기가 엷게 퍼져 가긴 했지만, 건전지의 수명이 다해 가는지 그 빛은 희미했다.

조등을 뒤로 하고 식당 뒤편 공터로 갔다. 연희의 방에 있던 사물들은 거의 다 그곳에 버려져 있었다. 비닐 옷장과 플라스틱 수납장은 문이니 서랍이 다 열린 채여서 그 안에 들어 있던 옷과 양말과 약봉지 같은 게 훤히 드러나 있었다. 이불과 베개는 발자국이 찍힌 채 옷장 옆에 성의 없이 쌓여 있었고 날개가 부서진 선풍기와 군데군데 휘어진 빨래 건조대는 바닥에 내동

댕이쳐져 있었다. 신발과 우산과 거울 같은 것이 마구잡이로 담긴 커다란 종이 상자도 눈에 들어왔다. 상자 안을 들여다보니 화장품이니 수건, 빗, 스탠드 같은 것도 그 안에 담겨 있었다. 귀퉁이가 찌그러진 간판은 상자 뒤쪽에 비스듬히 세워져 있었다. 무연고자의 묘비 같았다. 아니, 간판은 추연희의 묘비가 맞았다. 연희는 복희 식당에서 백복희를 기다리는 것으로 생의 마지막 10년을 살 수 있었으니 복희, 그 이름은 연희의 묘비명일 수밖에 없는 것이다.

나는 일단 옷장과 서랍장의 문과 서랍을 닫았고 이불과 베개는 털어서 새로 개어 놓았다. 선풍기와 건조대를 반듯하게 세워 놓았고 종이 상자 안도 정리했다. 마지막으로 간판 쪽으로 걸어가 소매로 그 표면을 오래오래 닦았다. 마치 간판을 깨끗하게 해 놓으면 아무도 연희의 왕국을 침범할 수 없다는 듯, 간판이 버려진 그 모든 사물들을 보호할 수 있다는 듯…… 간판은 공터 한가운데 놓았다. 적어도 간판은, 쓰레기를 수거하는 사람들이 오기 전까지는 이곳이 연희의 영역이란 것을 증명할 터였다.

일어나서 걸었다.

눈을 감고, 손등으로 바람의 결을 느끼며 나는 최대한 천천히 걸었다. 내가 걸을수록 등 뒤의 세계는 차근차근 무너졌고 내 몸은 조금씩 붕 떠올랐다. 허공을 유영하는 기분이었다. 우리가 태어나기 전에 소속됐던 세계이자 육체를 잃은 영혼이 귀환하는 그 무형의 암흑은 생의 한가운데에도 있는지 모른다. 한참을 걸었다고 생각했지만 나는 멀리 가지 못했다. 돌아서자, 세상은 무채색으로 바뀌어 있었다. 무채색인 세상에서 노란 등만이 유일하게 색을 띠었다.

그 순간, 또다시 태동이 지나갔다.

연희가 살았던 곳으로 우주가 한 뼘 더 다가와 있었다.

그들 사이에, 두 세계의 무게중심에, 나는 서 있었다.

나는 바람을 내 가슴으로 끌어왔다. 품에 들어온 한 줌의 바람에서 온기가 전해졌다. 누구의 온기인지, 나는 당연히 알고 있었다. *너구나.*

속삭였다.

우주.

우주, 라고 나는 또 한 번 속삭였다.

22

몽펠리에서는 하루하루가 정확하게 이분되어 흘러갑니다. 오전에는 서영이라는 이름의 여성이 주인공인 새 작품을 쓰고, 오후에는 밀린 집안일을 하거나 책을 읽다가 리사가 퇴근하여 돌아오면 함께 저녁을 먹고 차를 마시는 식이죠. 오전과 오후가 분리된 시간이 아니라 바느질 자국도 없이 이어진 하나의 하루라는 것을 일깨우는 것은 우주의 울음소리, 칭얼거림, 잠투정, 그리고 그에 따른 나의 노동입니다. 아시다시피, 너무도 고단하고 지루한 노동입니다. 때로는 삶을 통째로 헌납해야 이 노동이 끝날 것 같다는 절망적인 생각이 밀려오기도 합니다.

가끔은 영화를 봅니다,

한 달 전 파일로 받은 가편집된 영화죠. 청량리역 철로에서 시작되어 이태원과 인천, 아현과 합정과 영월을 지나 인천공항에서 끝이 나는, 정문주였고 박에스더였으며 나나이기도 한 주인공을 비롯해서 젬마 수녀, 정문경과 박수자, 그리고 백복희가 출연하는……. 벌써 수십 번을 봤는데도 볼 때마다 새로운 이유는 카메라가 비추지 않는 곳에서 변화하고 움직이는 서영과 소율, 은의 표정과 몸짓이 상상되어서겠죠. 그리고 한국에서 보낸 여름과 그 흘러가는 여름 속에서 만난 사람들을 기억하기 때문일 것입니다.

영화를 보다가 나도 모르게 졸면서 그 꿈을 꾸지 않았다면 오늘도 평소와 같은 일정으로 흘러갔을 거예요. 이런 꿈이었습니다. 꿈에서 나는 하염없이 빈 들판을 걸었는데, 풀잎이 종아리를 스칠 때마다 싱그러운 생명력이 전해졌죠. 금세 밤이 되었고 아주 커다란 보름달이 들판의 지평선에까지 닿았습니다. 밤하늘은 이내 황홀하고 광활한 우주로 확장되었고요. 그 풍경의 색과 질감이 뚜렷해서인지 잠에서 깼을 때도 나는 그 들판의 대기 한 조각을 껴안고 있는 것만 같았습니다.

그리고 그때부터, 나는 노트북이 놓인 책상에 앉아 새 문서

파일을 열고는 이 편지를 쓰기 시작한 것입니다. 돌이켜 보니 당신에게는 처음 쓰는 편지입니다. 아니, 편지라기보다는 고백인지도 모르겠어요.

짐작했겠지만, 네, 우주 이야기입니다.

작년 6월 파리의 산책로를 걸으면서 나는 사실 우주를 낳을지, 아니면 포기할지에 대해 고민했습니다. 그때 나는 똑같은 확률로 각각의 선택을 가정해 봐야 한다고 생각했고, 실제로 그렇게 하기 위해 애썼습니다.

어떤 선택이든 이기적이라고 판단할 수는 없다고 나는 생각했습니다. 우주를 포기하는 것보다 우주를 담보로 외로움과 불안을 감면받고 사람들에게 풍요로운 마음에 대해 말하는 미래의 어느 날들이 오히려 더 이기적인 거라고 생각하기도 했습니다. 우주가 실패를 반복하며 좌절에 익숙해지고, 급기야 아무것도 시도하지 않는 텅 빈 사람으로 성장할까 봐 겁이 나기도 했지요. 세상을 자신의 감각으로 받아들이지 못하고 사회 구조 안에서 더 갖고 덜 누리는 것에 대해 비판적으로 해석할 수 없고 타인에게 무슨 일이 벌어지든 구경꾼처럼 방관하는 살아 있는 유령 같은 어른이라면, 나는 그런 우주를 어떻게 대해야 하는 걸까요. 하지만 가장 무서운 건 따로 있었습니다. 우주가 나를 닮는 것, 나의 가장 외롭고 나약한 모습을 닮는 것, 그것이었습니다. 대학 시절이 떠올랐습니다. 헛되게 살다가 고독 속에서 죽는 것보다 태어나지 않은 채 소멸하는 쪽이 훨씬 더 인간적이라고 생각하던 시절이었죠. 무책임하게 생명을 낳고 버린 뒤 잊는 사람을 온 힘을 다해 미워하던 시절이기도 했습니다.

그러나 그날 나는, 그 모든 두려움에도 불구하고 우주를 낳기로 선택했습니다.

내가 증거니까요.
태어나고 구조되고 보호받고 누군가의 딸이 되고 배우와 극작가로 일하고 있으며 이제는 우주와 가족이 된, 그야말로 살아 있는 삶의 증거니까요. 태어나기 전에 포기되었어야 했다고 생각하던 시절과 지금도 가끔씩 그런 마음에서 헤어나지 못하는 현재의 나 자신마저 포함하는 내 삶이니까요.
엄마, 들리나요?

나는 이렇게 살아 있습니다.

엄마가 나를 어떤 이름으로 불렀는지는 모르지만 한때는 엄마의 전부였겠죠.

그것을 기억해 주세요…….

엄마, 하고 부르며 하고 싶은 이야기가 너무도 많은 내가 여기에, 이렇게, 살아 있다는 것을요.

엄마를 이해하고 용서하는 것과는 다른 차원의 부탁입니다.

엄마의 평안을 빕니다.

언제까지라도 변하지 않을 저의, 진심입니다.

한때는 '작가의 말'이 불필요하게 느껴지기도 했는데, 그래서 과감하게 생략한 적도 있는데, 이렇게 또다시 책상 앞에 앉아 '작가의 말'을 쓰고 있는 걸 보면 그런 쿨한 마음이 오래 가지는 못했나 봅니다.

일단 이 소설의 제목 '단순한 진심'은 제10회 여성인권영화제의 표제에서 가져 왔음을 밝히며, 그때 그 영화제를 준비했던 스태프들에게 감사의 마음을 전합니다.

제인 정 트렌카에게 감사합니다.
서른 살 무렵에 서점에서 『피의 언어』를 우연히 발견하여 읽지 못했다면, 저는 입양이나 입양인에 대해 아무런 관심 없이 살아왔을 것입니다. 이 작품을 쓰면서는 그녀가 쓴「백만 명의 살아 있는 유령들―구조적 폭력, 사회적 죽음 그리고 한국의 해외입양」(《여/성이론》, 2010 여름호)을 수없이 들춰보며 제가 놓친 것과 놓칠 수도 있는 것을 점검하곤 했습니다. 운이 좋게도 책 출간을 앞두고 한국문학번역원 행사에서 그녀와 마주치게 되었는데, '입양인이 아닌 사람이 입양에 대한 소설을 써도 괜찮은가?'라고 제가 조심스럽게 물었을 때 그녀는 환하게 웃으며 'why not?'이라고 되물었죠. 이 지면을 통해 제게는 그 웃음이 큰 용기가 되었음을 전합니다.

아울러 이 소설은 김동령 감독과 박경태 감독이 공동으로 연출한 다큐멘터리 영화「거미의 땅」과 우니 르콩트 감독의 자전적인 영화「여행자」에도 영향 받았음을 밝힙니다.

입양이라는 제도를 둘러싼 문제들을 고민하고 기지촌의 역사를 되짚는 기록물과 기사, 논문이 없었다면 이 작품의 많은 부분은 비어 있었을 것입니다. 일일이 언급하진 못하지만 제가 읽은 그 모든 자료의 저자들에게도 감사드립니다. 오래전, 2주에 한 번씩 만나 언어교환을 하며 친구가 되었던 로사에게도 고맙다는 인사를 전하고 싶습니다.(저의 무심함으로 지금은 소식이 끊겼는데, 어딘가에서 그녀가 이 인사를 읽어 주면 무척 기쁠 것입니다.) 그녀에게서 입양 이후의 삶에 대해 들으며 고민했던 순간들이 있었기에 이 이야기를 꾸릴 수 있었다는 걸 잘 압니다.

의학적인 부분에서 기꺼이 조언을 해 주신 김윤정 님과 이현석 소설가에게도 마음 깊이 감사드립니다.

이 소설은 2017년 6월부터 9월까지 민음사가 운영하는 포스트에 일부 연재된 적이 있습니다. 그때 연재 업로드를 도와준 성연주 마케터와 함께 읽어 준 독자님들에게 감사드립니다. 첫 소설집과 첫 경장편 소설에 이어 여덟 번째 책의 지지자가 되어 준 민음사에, 그리고 기꺼이 추천의 말을 얹어 준 김미정 평론가와 김현 시인에게도 감사의 마음을 전합니다. 언제나 이 소설의 첫 번째 독자였으며 메일과 원고를 주고받을 때마다 조언과 응원을 잊지 않은 김화진 편집자에게도 더 이상의 진심이 없을 만큼 고맙다는 말을 전합니다. 사는 동안, 김화진의 일과 문학을 저 역시 응원할 것입니다. 마지막으로, 내 일상을 자주 걱정해 주는 m과 이름의 글자 하나를 빌려 준 h에게도 고마운 마음을 전합니다.

이 소설은 저의 세 번째 소설집이었던 『빛의 호위』에 실린 단편 「문주」에서 시작되었습니다. 그러나 「문주」를 탈고했던 순간이 이 소설의 발화점은 아닙니다.

어느 날 거리를 걷다가 저를 스쳐가는 수많은 사람들을 보며 저 많은 사람들은 어디에서 왔는지, 어떻게 살아왔고 앞으로는 또 어떤 생을 살게 될지 문득 궁금해졌습니다. 저마다 다른 그들의 근원과 살아온 과정과 먼 미래를 생각하니 생명만큼 위대한 것은 없다는 생각도 들었지요. 그날, 생명이 화두인 소설을 쓰고 싶다는 마음도 시작되었습니다. 어쩌면 하나의 온전한 우주가 되기도 전에 사라진 사람들을 기억하고 싶어서 이 소설을 쓰기 시작한 것인지도 모르겠습니다.

제게 조금이나마 자격이 있다면, 『단순한 진심』은 이 세상 모든 생명에 바치는 저의 헌사라고, 감히 말하고 싶습니다.

이제, 저의 진심을 전합니다.

2019년 여름
조해진

내 이름은

── 김현(시인)

언젠가 야근하고 집으로 돌아가는 길에 24시간 편의점의 불빛을 보고 나지막이 안도의 숨을 내쉬어 본 적이 있다. 그 빛은 아주 찬란하고 거대하진 않았으나 바로 그 때문에 따뜻했다. 일상에 지친 어깨에 가볍게 손을 둘러 주는 밝음.

'암흑'으로 시작되는 조해진의 소설을 읽으면서 계속 그날 그 밤, 편의점 불빛을 떠올리는 건 무척 자연스러웠다. 이 소설이 우리에게 전하고자 하는 위로가 그토록 약소한 것이기 때문이다. 약소한 것. 그것이 한 사람에겐 구원과도 같은 빛이 될 수도 있다는 것. 나는 조해진만큼 그 찬란한 사실을 우리에게 일깨워 주는 소설가도 드물다고 생각한다.

미지근한 물 한 잔이 주는 기분 좋은 따스함을 이 소설의 체온이라고 말하고 싶다. 누군가를 가볍게 안은 후에 등을 토닥거려 주는 행위를 이 소설의 태도라고 말하고 싶다. 조해진은 썼다. '포옹은 누군가를 안으며 동시에 나를 안는 것'이라고. 또 이렇게도 말하고 싶다. 어두운 밤 지친 발걸음을 내딛던 한 사람이 자신의 이름을 속삭인다. 그때 그 자기 호명의 순간에 그의 내면 한쪽에 주황빛 전구가 켜진다. 이 소설은 그 공간이 진심임을 확인해 준다.

진심이라는 말처럼 매우 흔하나 그 실체를 알 리 없는 말도 없다. 조해진은 진심이라는 관념의 공간을 느리게 거닐면서 그 지명에 담긴 의미를 구체적으로 밝힌다. 우리 모두의 이름은 언젠가 한 존재가 타인을 위해 진심을 담아 건넨 최초의 말이라는 것을. 이름을 부르는 것은 인간이 타인을 껴안는 첫 번째 방법임을.

『단순한 진심』을 읽고 당신은 누군가에게 고백하게 될 것이다. 제 이름은 ○○○입니다. 의미가 있습니다. 그리고 '나는 이렇게 살아 있습니다.'라고. 이 소설은 당신이 소설을 통해, 문학을 통해 가장 듣고 싶었던 말을 건넨다.

"당신의 이름은 무엇입니까?"

서로가 서로의 전령이 되는

—— 김미정(문학평론가)

자기 탐색의 서사라고 해도 자기 이야기로 수렴되지 않고
타인의 사연과 삶을 함께 구체적으로 새겨 가는 것이 조해진
의 소설이다. 나 아닌 다른 존재에 대한 믿음이 그 세계를 단
단히 떠받쳐 왔다.『단순한 진심』역시 이 믿음을 강하게 역설
하는 소설이다.

그렇다고 이 소설이 타인에 대한 선의나 환대로만 가득 찬
것은 아니다. 실제 우리 삶이 그러하듯, 소설 속 사람들은 무
심코 연루된다. 선한 의지나 신념 이전에, 가령 측은지심이라
고밖에 설명하기 어려운 심정으로 순간의 연루됨을 감수한다.
이것은 마치 내가 아니면 꺼질지 모를 생명을 바로 지나치지
못하는, 계산되지 않은 즉발적인 감정과 행동에 가깝다. 하지
만 그렇기에 법적·제도적 책임 앞에서 그들은 부박하기도 하

261

다. 그들은 자주 주저하고 갈등하고 후회하고, 그러다가 다시 마음을 다잡는다.

이 부박한 연루됨은 역설적으로 힘이 세다. 소설 속 인물들은 모두 사회의 주류성에서 소외·배제된 이들이라는 공통점을 지니며, 각자 내밀한 상처와 고통을 경험했다. 그렇기에 그들은 타인의 상처와 고통을 민감하게 알아보고 과감히 손을 내밀 수 있다. 그들이 지금 내민 손은, 예전에 그들이 잡은 누군가의 손이기 때문이다.

『단순한 진심』 앞에 오디세우스 이야기가 대비되어 떠오른다. 인류의 대서사시로 추앙받는 오디세우스의 이야기는 자신을 확인하는 서사의 원형이라고 전해진다. 신들의 저주와 방해물을 극복하고 고향으로 돌아가는 오디세우스는 분투하는 인간의 대명사였다. 하지만 이 분투하는 위대한 인간이란 귀향 과정에서 만난 (괴물로 표상된) 타자들을 격퇴하고 희생시킨 후에 얻어진 타이틀임을 기억해야 한다.

반면 『단순한 진심』의 타자들은 내 삶에 '스며드는' 존재다. 서로가 서로에게 전령 또는 증인이 된다. 주인공의 참혹한 첫 기억을 결정적으로 보정하고 그녀로 하여금 다른 걸음을 딛게 하는 이도 그녀와 연루된 타인들이다. 이것은 혼자 영웅이 되는 세계와는 다르다. 이런 세계에서는 누가 주인공인지 아닌지 같은 질문은 사소해진다. 오디세우스의 이야기는 물론

이고, 이 세계의 주류성, 정상성이 무엇에 준거해 왔고 어떻게 작동되어 왔는지를 생각한다면,『단순한 진심』의 세계는 다르다. 그렇기에 아름답다.

온기를 간절히 바라지만 정작 온기 앞에서 망설이고, 진심이라는 말을 들어도 쉽게 믿을 수 없어하는 시대에 이 소설은 서 있다. 내가 누구인지에 대해서는 심지어 나조차도 온전히 말할 수 없지만, 나를 증거해 줄 타자들로 인해 진실은 확인된다. 그리고 나 역시, 누군가의 삶의 증인이 된다. 이것은 소설 속 이야기이면서 소설 밖 우리의 이야기이다.

단순한 진심

1판 1쇄 펴냄   2019년 7월 5일
1판 18쇄 펴냄   2024년 11월 21일

지은이   조해진
발행인   박근섭, 박상준
펴낸곳   ㈜민음사

출판등록 1966. 5. 19. 제16-490호
주소   서울특별시 강남구 도산대로1길 62(신사동)
         강남출판문화센터 5층 (우편번호 06027)
대표전화 02-515-2000 | 팩시밀리 02-515-2007
홈페이지 www.minumsa.com

ⓒ 조해진, 2019. Printed in Seoul, Korea

ISBN   978-89-374-4194-3 03810